夢之國度 碧西兒

Kingdom of Dreams

邱常婷 著

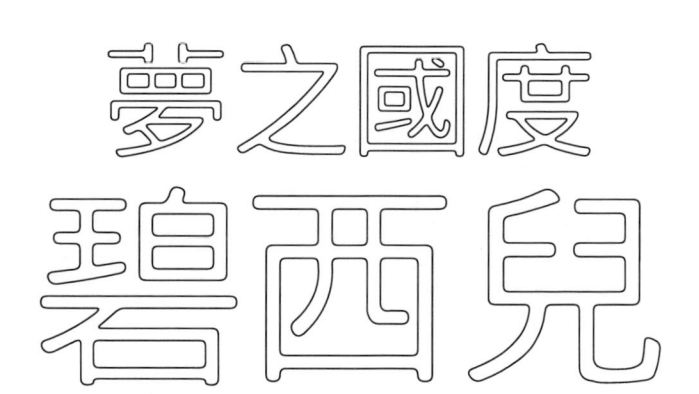

【推薦序】處理「死亡」的藝術

管家琪，兒童文學作家

人生真是處處都充滿了驚喜。前幾天突然接到邱常婷小姐的來信，說她小時候是我的小讀者，想要我為她的新書作序。我想，這肯定是兒童文學作家的幸福時刻之一了。瞧，當年的小讀者業已長大，還記得你，不羞於提及當年曾經是你的讀者，如今還希望你能為她的新書寫一篇文字——哎呀，這還有什麼問題！實在是太榮幸啦！於是我腦門一熱，二話不說就立刻答應了下來。

答應了之後才開始有一點兒擔心，會不會答應得太快了？萬一這本書很糟糕，以至於讓我覺得無話可說，那可怎麼辦？

幸好幸好，在讀完這本《夢之國度碧西兒》之後，真心感覺這是一本值得向小朋友們和大人推薦的作品；好的兒童文學作品向來都是老少咸宜的。

常婷在這本童話中所處理的是一個不易處理的主題，那就是「死亡」，或者說「該如何面對死亡」，同時最讓我印象深刻的是還可以從書中讀出一種深情，讓大人自然而然的思考「我們該如何向孩子們解釋死亡」。

該如何向孩子們解釋死亡？對於這個問題，或許老祖先們也深感困擾，因此才會有「長眠」之說，告訴孩子們逝者只不過是永遠的睡去，不再醒來而已。無獨有偶，在希臘神話中，「睡神」修普諾斯（Hypnos）和「死神」達拿都斯（Thanatos）是雙胞胎兄弟，「黑夜女神」尼克斯（Nyx）則是他們的母親……這些東西方文化中異曲同工的巧思，所反應出的是古人面對死亡的豁達，無怪乎很多人都深信「死亡並不是結束，而是另外一個開始」。東漢思想家王充更進一步表示，所謂的「鬼」無非是另外一個世界的「人」而已。

另外一個世界到底是什麼樣子呢？在這個故事裡，常婷藉由主人翁傑傑第一人稱的視角，不斷穿梭在現實與夢境、實際上就是虛與實之間，敘述了一個帶著奇幻色彩的故事，以這樣的方式委婉地處理了「死亡」這個主題。

一篇童話，最困難的就是要能寫出一種童話感，這首先要考驗作者是不是一個世故的、已經不大好玩的大人；「童心全泯」的人是寫不出好童話的，很多號稱是童話的作品不僅讀起來乾巴巴的，還總會讓人覺得是強做天真，彆扭得很。在成功營造出童話感之後，進而還要有感情、有味道。不一定是要搞笑，安徒生很多童話都不搞笑的。很多人都誤以為所謂的童話就是一定要搞笑，於是拚命想要來哈讀者的胳肢窩，往往還哈不著。也有很多人以為讓幾個動物或玩具之類張口說一大通大道理就是童話，這樣的作品更是不忍卒讀。

這本《夢之國度碧西兒》基本上具備了一篇優秀童話該有的幾個重要元素，雖然結尾收得快了一點，但以整體而言，仍然不失為一部故事完整，主題明確且動人的佳作。

常婷是值得我們期待的。相信未來她一定會越寫越好。

【好評推薦】

*依姓氏筆畫排列

書裡的幻想巨大而透明，彷彿隔著玻璃看一只大魚缸。劇情在虛實之間跳躍，轉換如水般流暢，是一個獨特而散發著奇異光芒的故事！

——十方，作家

帶著《怪物之鄉》中獨有的個人奇幻氛圍，

穿過那道不易開啟的通道，帶上丟失許久的玩具，

在碧西兒的夢之國度，所有的不專心、白日夢都有意義，

死亡與睡眠互為表裡的世界，流傳著這個故事……

——林育德，小說家

令人著迷的故事，只要睡著就能展開一場大冒險，在夢裡，勇氣是心唯一的指引！

——洪佳如，兒童文學作家

作者操縱想像
將「夢境」與「真實」
編出如織網的連結，
而盡情遊走兩界。
文字樸實無華，
別有一番趣味。

——張嘉琳，資深兒童雜誌主編

這是一本非常適合青少年，也很適合大人閱讀的小說。每個大人心中，都住著一個九歲的碧西兒。作者以細膩溫暖的文字，虛實交錯的技巧，運用豐富的想像力，將讀者帶到夢之國度。經歷一場奇幻的旅程後，讓我們重新思考，關於愛，關於夢與現實，關於生與死。

——曾美玲，詩人、高中教師

在邱常婷充滿奇幻色彩的故事，夢裡東方森林的守護者，永遠只有九歲的碧西兒，不知怎地，讓我聯想起在夢幻島始終拒絕長大的彼得潘，念起我不捨快樂童年的學生和曾經擁有夢想的自己。

彷彿唯有在夢中，相信由冒險、希望、勇氣建構的想像國度，才足以讓我們無懼於成人世界，來自於現實生活接踵而至的考驗、沮喪和傷悲。

於是，我們都像夢中的碧西兒，也像邱常婷筆下那個天真善感的孩子，一次次在現實中甦醒，又一回回在夢裡，藉由不斷的冒險找到勇氣，友誼的溫暖與陪伴，重新在挫折中點燃希望，繼而療癒我們受創的心。

——曾湘綾，小說家，《國語日報》作文班老師

在夢之國度，親愛之人能以不同形象出現，在夢境裡永保年輕。在夢國之外，對離去家人的思念，化身為夢中的幽暗陰影，席捲著兩個世界。各種自責不安與罪惡感，和遺忘親愛之人的恐懼，都成了夢境之國裡最大的夢魘。翻開《夢之國度碧西兒》，讓我們跟隨憂傷男孩傑傑的腳步，在一次次的夢境暗影之中，也許能再次找回面對一切的勇氣。

——楊勝博，Readmoo專欄作家、科幻研究專書《幻想蔓延》作者

富有想像力、帶著親情溫度的細膩故事，引領讀者進入一場童話般的奇想冒險。

——蕭逸清，少兒文學與輕小說作家

【自序】黑暗之中

在我寫過的故事裡，很多與夢境有關。碧西兒的故事起源於我從童年時每隔幾年就會做的夢——一個在夢裡永遠只有九歲的小女孩。我在十三歲左右做了第一個夢，之後每隔幾年就會夢到前一個夢境的後續，在夢中，我就是那個叫做碧西兒的小女孩，帶著雨水鍛造的小刀拯救老虎，最後成為閃電，在夢的世界中任意穿行。

某一次我做完了最新進展的夢，碧西兒要與黑暗女王決一死戰，我醒了過來，整整一天都無法從夢境抽離，於是，我決定把這個夢寫成一篇小說。然而在那時候，夢的片段是零碎的，我還無法將它們湊成一個完整的故事。

直到某日，我的外公因病住院，就快要過世，那時我有兩個年幼、單親家庭的表妹，我擔心妹妹們會因為外公死去而無法承受，因為這是她們第一次面對死亡。我詢問她們是否知道外公過身之後會到甚麼地方。結果妹妹們認為外公不會死，只是到了另一個世界。

我當時非常震撼，不知道她們要如何一直相信這樣的事情，這時我想到我的夢，片段的故事漸漸有了完整的架構，我興起寫作《夢之國度碧西兒》的想法，希望用一種比較隱晦的方式，讓兩個妹妹明白「死亡」。

只是我這本書寫得太慢了，當書準備要出版的時候，兩個妹妹一個要大學畢業，一個即將上大學，她們已經不需要這個故事了，而我也在寫作的過程中，感到自己實際上並不瞭解死亡。但我將這個故事給其他朋友看的時候，我發現他們可以從中找到與自己生命經驗的對應，我便覺得，也許這個故事還是有一些存在的意義。

我想在書中呈現，假如能擁有面對死亡／黑暗的勇氣，就可以在那接近死亡的夢之世界中做到任何事情，而夢與現實的距離其實也並不遙遠，在夢中找到戰勝黑暗的勇氣時，就也能在現實中找到面對死亡的勇氣。

CONTENTS

目次

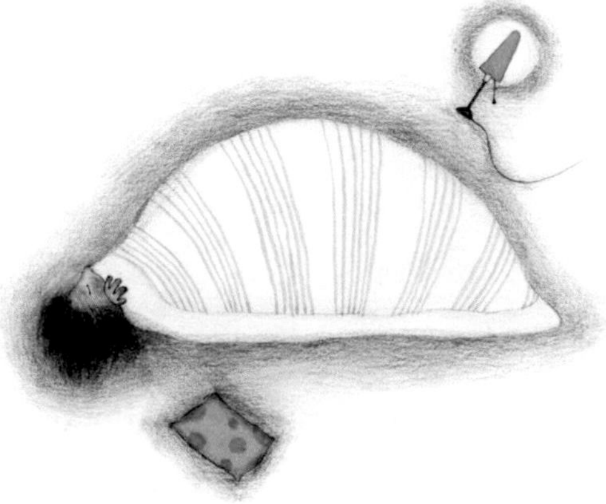

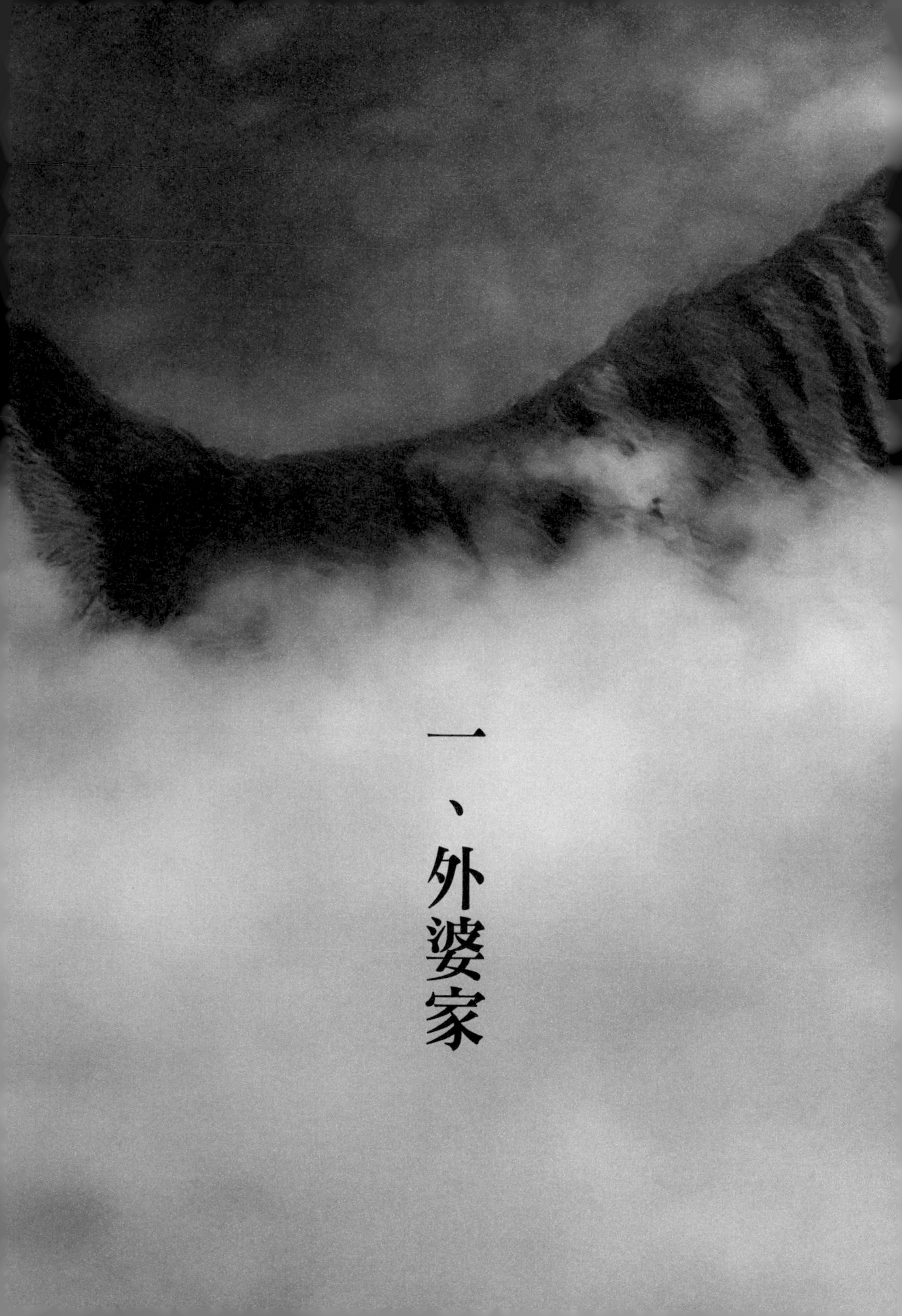

一、外婆家

外婆生病了。媽媽說，自從外公睡著以後，外婆就常常躺在他們以前的床上，閉著眼睛休息，外婆以前還會到菜園裡種菜，現在卻完全不會了。也許是因為這樣，外婆漸漸地就真的起不了床。

由於爸爸必須工作，只有媽媽帶我回去看外婆。我們的車行駛在海邊的公路，從車窗往外望去可以看見耀眼的藍色海洋。

三天前我惹媽媽生氣了，她認為外婆從小疼我，我卻不知感恩，連探個病也不願意。但其實我不是不想看外婆，我也記得外婆以前都會唱兒歌哄我睡覺，她身上有一種特別的香氣，聞著那股微微陳舊的氣味，我總是很快能睡著。

想到我還很小很小的時候，或者只是我幻想出來的，外公睡著時躺在方盒子裡的樣子，他看起來一點也不像外公。我很害怕躺在床上的外婆也不像外婆，可是我不知道怎麼跟媽媽說明。

我們很快就到了醫院，櫃檯的白衣女人說外婆正在草坪上休息，外婆不是在病床讓我有點慶幸。那是一間有著漂亮草坪的醫院，媽媽牽著我踏上草坪，白衣服的女人走在我們前面，引領我們進入中央沒什麼人的水池。我看見外婆坐在旁邊的輪椅上，輕輕微笑著。媽媽說，外婆已經不知道怎麼講話了。媽媽的語氣聽起來很難過，但我並不難過，外婆總是會用其他方式對我們說話，只是要很認真聽才聽得到而已。

我問媽媽：「外婆的頭髮一直是這麼白、這麼白嗎？」媽媽說不是，外婆本來有一頭漂亮的黃頭髮，因為外婆有荷蘭人的血統。我摸摸外婆的白頭髮，有一種粗糙的感覺，外婆臉上的皺紋彷彿每一條都在對我笑著。

這時候，我忽然想起了很多很多事情，是我六歲的時候在外婆家發生的。我躺在外婆的蠶絲被裡，聽外婆說睡前故事。外婆的故事裡總有一個小女孩，她在夢裡永遠是九歲，她在夢的世界不斷冒險，最後成為一個非常偉大的人。

那時的我躲在棉被裡問外婆：「夢中的人會不會受傷？受傷會不會痛呢？」外婆說：「不會，但也不能傷得太嚴重，如果受傷太重的話，夢裡的人就會睡著，做另一個夢。」就像我也即將睡著，進入夢鄉。看著別人睡著有些可怕，因為你永遠不知道他們什麼時候才會醒過來，但我們真的會醒過來，只有睡著的人才知道，入睡的時間實在是太過短暫了，彷彿一眨眼。

我摸著外婆的白頭髮，好想請外婆再多告訴我一點關於小女孩的故事。外婆的故事總是沒有說完，每一次準備睡覺，外婆說的都是不一樣的情節。

我們要走了，媽媽對白衣女人說我們會住在附近外婆的小房子裡，有什麼事情就通知她。我發誓外婆偷偷對我揮了揮手，我甚至聽見她的歌聲。外婆不會說話，可是她吟唱般地告訴我，要我今天早點兒上床睡覺。

離開醫院，媽媽把車子開進一條狹窄的小徑，四周都是又高又粗的野樹，還有松鼠在枝幹上跳上跳下。小石頭被車子輪胎彈得到處都是，松鼠們慌張閃躲石子。媽媽一邊踩油門一邊生氣，她生氣的模樣就是咬緊嘴唇，一言不發。引擎發出轟轟鳴響，這條上坡路每次都要媽媽花費九牛二虎之力才能爬到頂端，野樹的枝葉劈哩啪啦掃過窗子，留下小指甲大小的嫩葉，我往車後窗看去，海現在已經變成一個小漏斗般的藍色形狀。

到了山道頂端，我們終於看見外婆家在霧氣瀰漫的菜園裡顯現。外婆家是一間小小的水泥屋子，但外表看起來像木造的，媽媽卻說有一部分是鐵皮屋……事實上，每個答案都對，外婆家長得奇形怪狀，原本是一間普通的平房，後來經過外公改造，接上了鐵皮倉庫，屋頂往外延伸安裝木造的小閣樓，房子本身露出磚紅的結構，經過颱風或者焚風露出缺口，就用水泥糊起來，遠遠地看，外婆家很像一個張牙舞爪的機器人，捍衛著它小小的、種滿蔬菜的地盤。

媽媽和我一起把行李拿進屋子，走到機器人的身體裡面，看起來和一般房子沒什麼兩樣。外婆的客廳、廚房、臥室擺滿日常用品，彷彿外婆只是像以往那樣到她的菜園子巡視子民——蘿蔔、高麗菜、青江菜、地瓜葉等等。我和媽媽把行李拿到另外一間房間，是以前專門讓我睡的，以前爸爸媽媽都要工作，曾經把我送到外婆家一段時間，外婆告訴我可以使用這個房間。

我和外婆生活一段很長的日子，並不覺得她有什麼奇怪，直到後來和媽媽到城市，我才知道外婆說話的口氣一點也不像老人，甚至也不像我後來認識的每一個大人。但我十二歲了，漸漸忘了外婆過去是用怎樣的語言、怎樣的語調在說話。在我的印象裡，外婆說話的模樣不像在說話，她的嘴唇總是沒有動，發出類似吟唱的聲音，聽起來就像小女孩的歌聲。

聽著外婆的歌聲，我總是不知不覺陷入夢鄉，感到平靜。

我唯一記得的是，雖然外婆說我可以有自己的房間，我還是喜歡晚上偷偷跑去外婆和外公的床上睡覺。外公老是打呼，睡一睡還自己滾到床底下，所以整張床就是我和外婆的天下。外婆的身體又大又軟，散發一種奇特的香氣，她抱著我，我很快就在她的哼唱聲中入睡。隔天早上外公起床時肯定會撞到頭，我們再倚靠他猛撞床板的聲音醒來。

媽媽說她要整理東西，讓我先在附近散散步，呼吸一下新鮮空氣。

我到外婆的菜園子查看外婆新種的菜，但我什麼也沒看到，只有雜草叢生的泥土。我沒有難過，因為外婆種東西都是隨便種。「有雜草就種雜草。」她都會吟唱般地哼哼著：「雜草也很好。」

白霧瀰漫中，我依稀看見外公做的木頭標示牌，分別寫著「東方森林」、「西方森林」……我忍不住笑了，這是外婆故事裡的地方。她在東方森林種番茄，在西方森林種蘿蔔，如果往北邊走，會來到懸崖，底下也是白茫茫一片。

霧在外婆的山谷間遊蕩，像個流浪的小孩，霧愈來愈大，我聽見媽媽在屋內叫我，我慢慢走回去。

媽媽把一部分行李放在外婆的閣樓，那裡收藏著各式各樣的書，聽說那是因為外婆以前開租書店的關係。我上閣樓找媽媽，每次來到外婆的閣樓我都會有一種似曾相識的感覺，見到滿坑滿谷的書我就幾乎忘了其他的事了。我看見好幾本小時候外婆會唸給我聽的繪本，並且被書本們喚起了回憶。外婆總是挑選和動物有關的故事，用她自己的方式說一遍給我聽。在外婆的故事裡大野狼不會吃掉小豬或小羊，狐狸也不狡猾，烏鴉和蝙蝠是黑夜的信差。我從來就不知道外婆是從哪裡聽來這些故事的，不過這些故事裡的主角始終只有一個，就是在夢裡永遠只有九歲的小女孩碧西兒。

我只大概記得碧西兒僅有九歲的時候，做了人生中的第一個夢，她在夢裡拯救了一隻大老虎，後來便和那隻老虎一起在夢中世界冒險。雖然，碧西兒一天比一天長大，當她十二歲的時候，在夢裡是九歲，當她二十二歲的時候，在夢裡也是九歲……我忘記外婆說到三十二歲的時候，碧西兒怎麼了，但我羨慕碧西兒可以有老虎當朋友，而且外婆口中的夢中世界充滿森林和河水，是一個十分美麗的地方，還有最甜美可愛的白兔子以及最兇猛恐怖的大野獸，但只要你有足夠的勇氣，沒有人可以傷害你，你能在夢裡做任何事情。

媽媽的呼喊聲從樓下傳來，我趕緊下樓。媽媽問我到哪裡去了，我回答我在閣樓找她。媽媽告訴我閣樓有很多老鼠和蟲子，以後最好不要再上去了，她等等也會去把行李拿下來。

我說閣樓外面的小花園是外公外婆最喜歡的地方，應該也要找時間清理一下，讓外婆回家時看到能開心。但媽媽憤怒地瞪著我，指著閣樓說：「如果你那麼閒，就自己去清！」我不知道媽媽怎麼那麼不高興，但我還是安靜地上樓。媽媽又在樓下喊要先把行李拿下去才可以到花園，我忽然什麼也不想做了，就坐在閣樓滿是灰塵的地板上擦眼睛，我覺得一定是灰塵讓我眼睛濕濕的……我不知道為什麼自從外婆生病以後，媽媽就變成這樣。

晚上媽媽到菜園裡拔了一些有點爛掉的蔬菜回來做湯泡飯，但菜少得可憐，米又長了很多蟲，要一邊吃一邊把蟲子挑出來，飯半生不熟，我說我不要吃，惹得媽媽更生氣。

「好啊！你就餓肚子睡覺吧！」媽媽把我面前的碗拿去洗，語氣非常冷漠。

「我不要睡覺。」我告訴媽媽，她聽了簡直氣紅了臉。

「你不吃飯不睡覺，當神仙好了！」

於是媽媽到外婆房間睡，我回到我小時候的房間，那兒又小又冷，一開始我真的不想睡，但漸漸地我的眼皮愈來愈沉重，我在床上翻來覆去，再也忍無可忍，悄悄走到外婆房間。

媽媽已經睡著了，不時發出呼呼的鼻息聲，我小心翼翼爬到床上，儘量不碰到她，然後慢慢把外婆的蠶絲被拉到肩膀蓋好。一瞬間，以前的味道，外婆的味道將我團團包圍，這也是我想念的味道，一種特別只屬於外婆的氣味，我在這氣味中慢慢入睡。

過了一會，我覺得好像有人在對我的臉吹氣。我張開眼，看見黑暗中一雙發亮的綠眼珠，像貓咪一樣。我瞪著那對眼珠，漸漸地才發現那是一個小女孩，她看起來很像碧西兒，我覺得非常驚訝，因為她的確就是我心目中的碧西兒。當她站起來，一頭金色的頭髮在黑暗中閃閃發光。她跑走了，我從床上跳下來，忽然覺得身體十分輕盈，我想看看床上的媽媽，卻找不到她。

小女孩愈跑愈遠，我只好不管媽媽，跟著小女孩奔出臥室。

屋子裡黑漆漆的，但我看得很清楚。小女孩跑上閣樓，一點聲音也沒有，我也跟著跑上閣樓。閣樓除了舊舊的繪本、童話故事書以外沒有其他東西，每一樣物品卻都散發著一種奇異的光芒，讓我弄不清楚現在的時間究竟是早晨還是晚上。四周很安靜，只有微弱的蟲叫。一陣子後，我終於明白書本上的光從哪裡來。

原來是通往閣樓小花園的玻璃門，有柔和的光從外面透進來，讓閣樓漸漸從黑色變成紫色的，然後愈來愈亮。我想到小花園是外公和外婆過去最喜歡的地方，外公喜歡發明東西，他都會把一些奇特的機器放在花園裡，外婆則在花園中種植她喜歡的花草。外公曾經幫外婆設計一種特別的澆花器，最後卻讓整個花園都淹水了，那時候我也在，我們大家笑得好開心。

我走向玻璃門，握住門把，慢慢打開。

一開始有很強的光，讓我一下子睜不開眼睛，你想想突然從晚上變成白天就知道了。終於適應光線以後，我簡直快嚇暈，因為我就站在一個很高、很高的塔樓上面，有一隻鴿子站在我面前，無辜地望著我。

我小心地往前挪了一些，然後我目睹了奇景——月亮在我下面，天空是湛藍的，就像外婆家的那片海。這是我所見過最漂亮的地方，一切都是綠色，被樹木層層環繞，一陣風低低吹過，樹海便隨著風飄搖，發出沙沙的聲音，那聲音是如此巨大，讓我覺得那些樹彷彿正對我朗誦祕密一般。

在月亮那裡，有一個黑點逐漸放大，那是一隻鳥，愈來愈靠近，鳥背上竟然坐著一個人。那個人愈來愈近，鳥兒也愈來愈大，終於化為一團黑影俯衝過來，我被鳥兒翅膀掀起的風弄得睜不開眼睛。接著，我聽見一絲動靜，抬頭一看，那隻鳥——那隻白色大老鷹站在我後面的塔尖上，一個看起來年紀比我大的女孩從老鷹背上滑下來，溜到了我的身邊。

「你是誰？為什麼像個笨蛋一樣站在這裡？」女孩有一頭金色短髮，眼睛也是綠色的，但她不像碧西兒，碧西兒永遠只有九歲，這個女孩子卻比我大，幾乎有十五歲。此外我希望她不是碧西兒，因為我不喜歡她，她說話的語氣像媽媽……而且她說我是笨蛋。

「我是傑傑，我也不知道我為什麼在這裡。」我說完這句話，覺得自己更像笨蛋了。

「你不知道現在正在發生戰爭嗎？」女孩用一種義正詞嚴的語氣對我說話，「你站在那麼高的地方違反規則。」

「什麼規則？」我有點擔心地看著她。

「不能站得比我飛的時候高。」女孩驕傲地挺挺胸膛，「我有責任帶你到地面，來吧。」她吹了一聲口哨，老鷹便搧著翅膀竄下來，垂下一邊的羽翼讓女孩坐上去。我已經大到不需要別人攙扶，但女孩依舊扶了我一下，我坐到她旁邊，手不知道該抓哪裡才好，女孩堅定地將我的手拉到她的腰環住。

「安全第一，你也不想摔下去『睡著』吧？」

她說「睡著」的模樣十分嚴肅，我開始發抖，因為這裡實在是太高了。

「這隻老鷹好大。」為了轉移注意力，我故意大聲地說。

「在這裡，你的勇氣有多大，跟你一起的動物就會有多大。」女孩回答，她拍了拍老鷹，於是牠開始振翅高飛。

我用力閉緊眼睛，又想到女孩說勇氣有多大，動物就有多大，我趕緊睜開眼，可是不管我看得見或看不見，老鷹翅膀拍過我身邊的感覺還是非常明顯，我只好讓視線保持在月亮下降的位置。這時，我注意到地平線上除了有月亮以外，還有一團黑暗的漩渦，卻閃著奇異的光芒，讓人無法移開目光。

「那是什麼？」我問。

女孩沒有回答，她大概是沒聽到吧。

老鷹盤旋在天空中，慢慢下降，我抱緊女孩，當我們接近地面時，老鷹使勁搧動翅膀，在地面製造出一團氣流，女孩把我扔在那團氣流上。

「好了，我要繼續飛了。」她說。

「等等！你叫什麼名字？」我高聲問她。

「恰卡。」

氣流讓我很慢很慢落到草地，我躺著看恰卡飛遠，她又變成光線裡黑黑的一點了。

我還沒有問她戰爭是什麼，現在我又變成一個人。

我站起來，聞到一股潮濕的味道，四處張望，發現不遠處有一小座湖泊，我忽然覺得很渴，而且無法忍耐那種口渴的感覺，於是走到湖邊，希望水看起來乾淨。

那座湖閃著光芒，在我走近時，一隻天鵝從水裡探出頭來，見我沒有被牠嚇到，十分不高興地划著水離開。我低頭，看見湖裡的我……我一直不喜歡我的模樣，塌鼻子、滿臉雀斑，毛燥的黑頭髮，是從媽媽那邊遺傳過來的；但現在，我倒映在水裡的頭髮是金色的，就和恰卡還有最初的那個小女孩一樣，仔細一看，我的眼睛也變成綠色的。

我很高興自己變成另外一種樣子，而且不知為何覺得身體十分舒暢、充滿力量，我在地上打滾，假裝自己是碧西兒的老虎，發出低吼聲，張牙舞爪地撲向獵物。一隻蟾蜍沒料到我的攻擊，吃驚地從藏身的草叢裡跳出來，我哈哈大笑，又躺回草地上，掀起上衣讓陽光灑在我軟軟的肚皮。

就在這時，我聽見小狗的哀嚎。

雲緩緩籠罩住森林，光線變暗了，我覺得有點冷，小狗的叫聲更加響亮，我從草地上爬起來，順著聲音走進森林深處。

走了一下我就後悔了，我根本不知道這裡是哪裡，也不知道方向，只有小狗的叫聲彷彿從各種地方傳來，樹的影子扭曲地伸向我，讓我必須不斷把打到臉上的樹枝揮開。我躲在一根樹幹後面休息。

「拜託請饒了我們吧。」一個小孩子的聲音懇求道，我順著這聲音撥開枝葉，目睹一個披著毛皮的小孩跪在地上，對著一團黑影說話，小孩的面前有一隻小狗，身上被網子捆住。

小孩跪著的空地很暗，只有微弱細碎的光從樹葉縫隙中灑落，那黑影飄向小孩，我聽見他哭了出來。

「求求您！我們只是經過而已，不是恰卡的子民啊！我們是沙漠的狼孩兒，這隻小狼是我的朋友，拜託你，不要讓我們『睡著』……」

但黑影還是不斷飄向他，感覺很不好，非常非常不好。我下意識往前踏了一步，忽然就像撕開了陰影，一小片光從我露出臉的地方瀉了出來，見到那片光，黑影瞬間消失，那小孩呆呆地望著黑影消失，最後看向我。

「你是碧西兒家族的人嗎？」

我不知道他是什麼意思，只好搖搖頭。

「你救了我。」他伸手抹抹鼻子，「你救了我，我代表所有沙漠中自由的狼孩兒感謝你。」

我聳聳肩，幫他把動物身上的網子解開，一面好奇地問：「你剛才說這是一隻狼？」

「是啊，我在沙漠中遇到牠，剛好要去一樣的地方，就結伴一起旅行，沒想到……」他吸著鼻子，差點又要哭了。「戰爭真是可怕啊，現在到哪裡都有黑暗女王的影子獵人。」

我想起恰卡對我說的話，忍不住問：「我之前聽說有戰爭，是真的嗎？這裡實在很美麗，不像會有戰爭。」

他驚恐地看我：「你完全不知道？黑暗女王與失聲國王，他們已經向碧西兒與恰卡宣戰，但只有恰卡挺身而出，至於碧西兒……打從她的好朋友阿力因為小外婆的關係陷入睡眠，她就再也沒有走出城堡。」

他一講我就想起來，真是的，我怎麼會忘記呢？

外婆曾說過，碧西兒在夢的世界裡的確有一個難纏的敵人，就是黑暗女王。

傳說在夢的世界剛開始，也就是碧西兒九歲那年第一次做夢的時候，黑暗女王只是一個普通的女孩子，她和失聲國王相愛並結婚，當時失聲國王還沒有失去聲音，甚至是整個夢世界的唯一統治者，然而有一天，一隻動物偷走了國王的聲音，逃到遠遠的森林裡，國王再也不會說話了，他變得憂鬱而軟弱，黑暗女王深愛國王，她決心要找回奪走國王聲音的動物，可是，她不知道偷走國王聲音的是哪一種動物，國王也不知道，就算他知道，他都再也不能說出口了。

黑暗女王繼承了國王的權力，開始在王國中四下搜索能夠偷走聲音的動物，她找到鸚鵡、仿聲狗、人頭魚等等，但這些動物全都聲稱沒有偷走國王的聲音，於是黑暗女王讓牠們都睡著了。

後來，黑暗女王聽說東方森林住著一隻具有智慧的大老虎，牠是一隻非常特別的老虎，橘紅的毛皮夾雜黑色斑紋，就像夢裡最深紅的火焰燃燒著夜樹的枯枝，也像飛翔在夕陽中成群的海鷗。這隻老虎不僅會說話，還能夠預知夢的未來，黑暗女王認為一定是這隻老虎偷走了失聲國王的聲音。她派遣自己的黑影獵人去獵捕大老虎，但這時，黑暗女王其實已經不在乎失聲國王的聲音了，在她喚醒黑暗覆蓋住那些無辜的動物，使得牠們一一陷入沉睡之時，她就再也不是過去那個單純的女孩子了，現在的她喜歡大老虎的毛皮，只想找藉口把大老虎抓到，然後將皮毛做成漂亮的毯子。

幸好，當時正在東方森林冒險的碧西兒得知這件事，拯救了大老虎。我還記得外婆說這段故事時的表情，她的每一根皺紋都笑了。

她說：

碧西兒在叢林中疾奔。

地面一窪窪的雨水往上長著，滑過她的短劍。她為何在這裡？碧西兒思索：這是什麼地方？

這是她的第一個夢。夢裡夢外，碧西兒都還是九歲。

但在夢裡她當然不知道自己正在做夢，她記得不久前聽精靈們說一隻年邁的老虎——她們的叢林之王被獵人抓住了，央求碧西兒去拯救她們的王。

「為什麼你們要找我？」她問。

精靈們回答：「因為你是碧西兒，東方森林的守護者，你將會擁有一個龐大的家族，請你讓我們加入好嗎？」

叢林裡的精靈是透明的綠色，她們有著哀傷的大眼睛，像美麗的玻璃球，耳朵非常巨大，身體是女性的身體。

「好的。」碧西兒從不會拒絕任何人的請求，她答應了，精靈們便從蓄滿雨水的樹洞裡取出一把短劍，翠玉的劍柄、金黃的劍身，碧西兒拿著那把劍，很愉快地使了幾下，感到相當趁手。

「我先去看看，你們之後從別的地方過來。」碧西兒說道，然後便壓低身子在泥濘中匍匐前進。

對第一次做這件事的碧西兒來說，一切比想像中簡單，她爬到一棵頎長的西瓜樹上，窺伺著下方的情況。

獵人確實在不遠處圍著一朵紫色的火焰歡笑著，旁邊有一個又寬又大的樹枝獸籠，裡頭關著一隻橘黑相交的大老虎，牠是那麼地大，就像一片無邊無際的芒草原被天空劈下的閃電燒出了痕跡，碧西兒趁著獵人們不注意，一下子從樹上跳進籠子裡，落在橙紅的芒草原上，此時她既看不見獵人們，也看不見叢林，一隻橘色虎斑貓從一叢芒草裡竄出來喵喵叫著，要碧西兒和牠一塊走。

每次外婆說到這邊，我都不能理解為什麼一下子場景從森林來到芒草原，大老虎還變成虎斑貓，但外婆說這是大老虎的魔力，我只好繼續聽下去。

外婆說：

碧西兒跟著虎斑貓來到一處廢棄的小屋，那小屋奇形怪狀，虎斑貓這時告訴碧西兒，這裡是牠的家。

「我是紅老虎巴茲，在你看見我，並且碰觸我的瞬間，你就進入了我的心，這裡是我的家，以後也會是你的家，碧西兒，你將成為我的主人，並且統領整個東方森林。」虎斑貓對碧西兒說，走到她身邊舔了舔她的手。

碧西兒感到很驚訝，但她沒有表現出來，她是一名夢中的勇者，她對虎斑貓點點頭，回答說：「好，現在我們回去吧，我要拯救你。」

他們回到了最開始的森林，碧西兒在火焰般搖曳的芒草原裡深深藏起了身體……芒草原就是紅老虎巴茲的皮毛。她撥開老虎的皮毛窺視影子獵人，發現他們是一群黑黝黝的人類，但雖然他們是這麼的黑，火堆卻沒有映照出他們的影子，他們出賣了自己的影子送給黑暗女王，讓她將他們的影子覆蓋在森林裡無辜的動物身上，讓牠們陷入永恆的沉睡。

碧西兒握住短劍，悄悄割斷巴茲身上的繩索，然後再慢慢切開困住巴茲的籠子，她動作小心翼翼，而且非常優雅，因為她是碧西兒，她能夠迅速敏捷地完成所有事情。

她切開了獸籠，短劍的銳利讓籠子仍然維持在囚困老虎的形狀，她輕輕捏了一下巴茲的耳朵，告訴牠準備要掙脫牢籠、撲向獵人們了！

過去外婆說到這裡，我的心都幾乎要停，我可以想像得到碧西兒屏氣凝神握住紅老虎巴茲的耳朵，等待時機接近，然後她大喊一聲，巴茲這時也大吼一聲，他們的聲音融合在一起，使得那整個畫面就好像碧西兒喊出了老虎的吼聲，那吼聲足以讓大地震動，影子獵人們雖然想再度制服紅老虎，但這次牠有了碧西兒，而且他們衝出牢籠的速度迅雷不及掩耳，籠子的粗樹枝彈得到處都是，有些甚至把獵人打暈了。碧西兒從巴茲身上跳下來，一口氣撲倒了兩名獵人，她兇狠地把他們踢開，半蹲在地發出動物的低吼，她的短劍只要輕輕碰到影子獵人，他們就會化為一團黑煙消失在空氣裡。

最後，當巴茲用牠巨大的虎掌拍滅了最後一名敵人，牠金色的、充滿睿智的眼睛望向地面上小小的人類碧西兒，碧西兒也毫不畏懼地看向牠，巴茲的目光一瞬間洋溢著溫柔與慈愛，那些溫柔與慈愛讓牠變得愈來愈小、愈來愈小，終於小成了一隻喵喵叫的小虎斑貓，和順地依偎在碧西兒腿邊。

從此，巴茲在碧西兒每一次做夢時陪伴她，和她一起在森林中冒險。

……我不敢相信，這樣的碧西兒已經躲在城堡裡很久很久。

「怎麼了？你還好嗎？你叫什麼名字？」那小孩搖著我，我終於回過神來。

「我叫傑傑，你呢？」

「賈太，這隻小狼沒有名字，我們準備穿越荒野，要一起走嗎？」說著賈太又開始顫抖：「多一點人總是比較安全，你也這樣認為吧？」

我正想回答，卻覺得賈太離我愈來愈遠，我伸出手，怎麼也碰不到他。取而代之的是媽媽。

媽媽一直搖我，大聲叫我的名字，我終於醒了過來，才知道原來我在做夢。

她見我醒了，抿起嘴唇沉默地看向旁邊，我問她怎麼了，她說我不知道怎麼睡的，可以睡到十分鐘叫不醒。

她看起來沒有昨天晚上那麼生氣，取而代之的是擔心的表情，讓我想到以前的媽媽……那時候外公還在，外婆也還沒有生病，爸爸不需要整天工作，我們只要放假就會到這兒拜訪外公外婆，因為我總是說想念他們。爸爸媽媽知道以前我給外公外婆照顧太久了，也太喜歡山上的生活了，並不介意陪我回憶以前的美好時光。我很喜歡對媽媽說：「小時候我最愛在外婆家的菜園裡玩，那裡有好多兔子、青蛙，牠們都是我的好朋友。但兔子住在東邊的森林裡，青蛙住在西方的森林裡，牠們不准對方越線，每次只要有兔子跑到西邊的森林或者有青蛙跑到東邊的森林，牠們之間就會發生戰爭……」

「那怎麼辦呢？」媽媽每次都會笑著問我，「如果打架的話就糟糕了。」

而我會得意地回答：「所以我就帶一條蘿蔔到東邊，跟兔子說這是青蛙的禮物，再帶一顆長蟲的番茄到西邊，跟青蛙說：『噯噯，這裝滿蟲子的番茄是兔子送的』……然後牠們就會和好了。」

我講完故事，外公和外婆都用力替我拍手，爸爸則好笑地拍拍我的頭說：「傑傑每次講故事都說『我小時候』，但你現在不就是小時候嗎？」

爸爸只要這樣問我，我都會辯解：「你們大人就可以說『小時候』或者『很久很久以前』，那我當然也可以……而且我說不定真的有小時候呢，也許我的小時候只有小拇指那麼高，小拇指般高的我也有小時候，比灰塵還小，比灰塵還小的我也有小時候……沒有人看得見，我在沒有人看得見的小小世界裡旅行。」我一說完大家就哈哈笑，外婆則會給我一顆特別的糖果，是她用牛奶和蜂蜜製作、有著星星形狀的糖果，因為她覺得我說了一個相當「有水準」的故事。通常，如果我說了一個不比碧西兒差的故事，外婆就會給我她親手做的點心吃。

……

…………

現在的我想起那時的事情，真的就覺得是「小時候」的事情了。

因為現在沒有人會聽我說故事，也沒有人會在我說完故事後給我星星形狀的糖果。自從外公在方盒子裡沉沉入睡（媽媽說，外公睡得那麼香，連打呼都沒有呢），爸爸和媽媽就很少帶我回外婆家，我也很少見到兔子和青蛙牠們，久而久之，牠們都消失不見，我也長大了，再也不知道該怎麼呼喚牠們。

我想起以前的這些事情，忽然好想告訴媽媽我的夢，告訴她我遇到了一個騎著老鷹的女孩子，然後打開閣樓的門會到達一座高得離譜的塔。但只要一想到媽媽可能會不耐煩地揮手要我安靜……我就什麼也不想說。

就像我不想長大一樣，我也一點都不想從夢裡醒來，蠶絲被的氣味充斥在那個夢裡，就好像以前我被外婆摟抱著入睡，她一面對我講述碧西兒其他的冒險事蹟。

我一面穿衣服一面決定了：這個夢我還是不要和媽媽分享好了。

而且就在我做了這個決定以後，我心裡產生了一種古怪的想法，就是只要我不告訴其他人，我就會繼續做這個夢。雖然我不確定自己是不是真的會繼續做夢，但我就是有預感，我覺得外婆那張鋪著馨香蠶絲被的床一定擁有通往碧西兒國度的特殊力量。

此時，雖然我實在不願意離開被窩，我還是努力爬起來，想到等一會不得不忍受醫院消毒水的味道，我又用力深吸了最後一口氣息，然後趕緊在媽媽警告的眼神下把衣服換好。

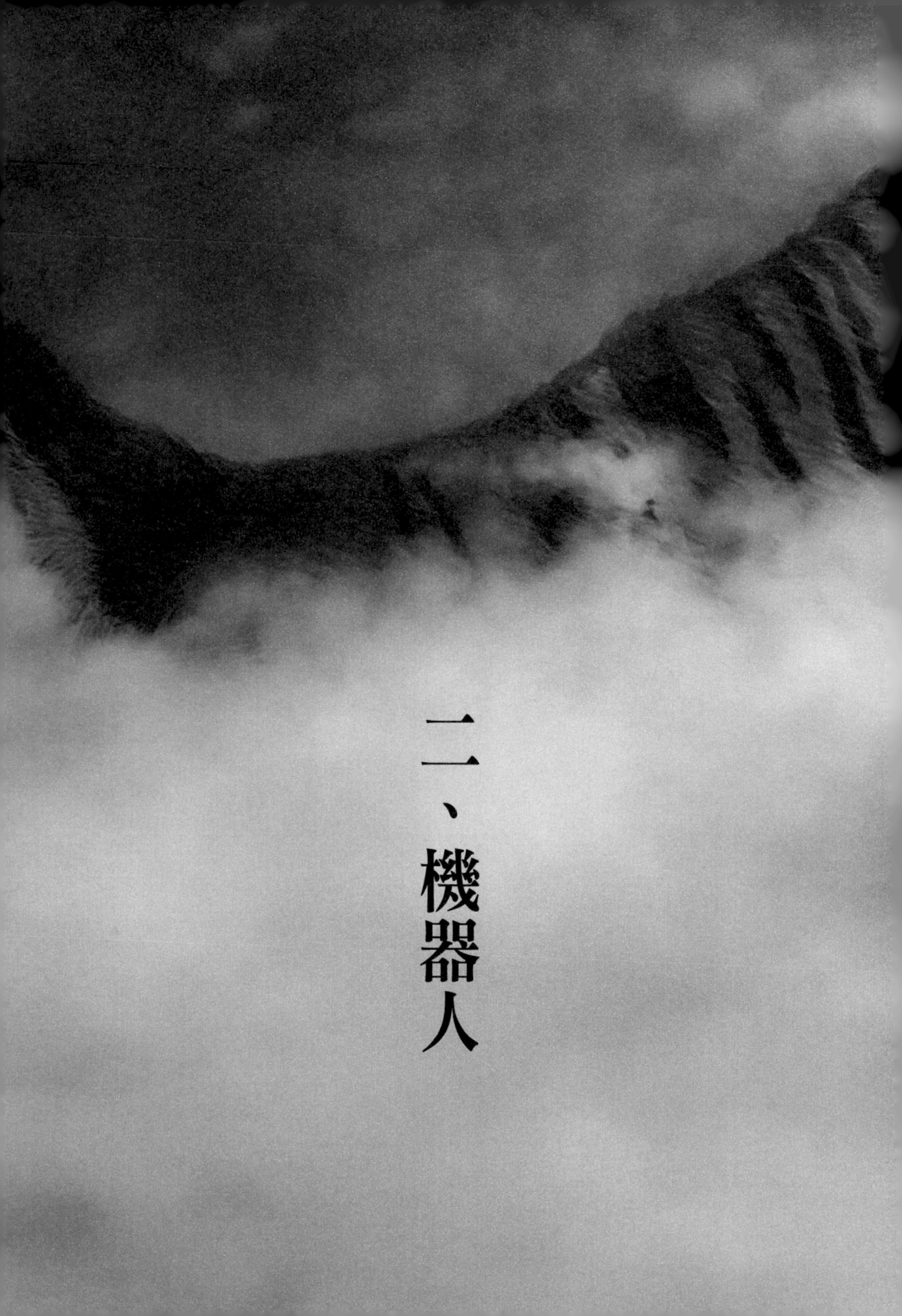

二、機器人

昨天晚上我沒有吃飯，實在覺得餓極了，媽媽也記得這件事，她帶我到早餐店點了一大堆東西，威脅我如果不吃就不能去閣樓外的花園。她這次終於找對了方法，為了到外公外婆的花園去，我囫圇吞下吐司和炒蛋。媽媽皺起的眉頭好像在說她非常不能理解我到底為什麼那麼想看花園，我不會告訴她，就算告訴她，她也不能明白。

吃過早餐，媽媽開車載我到醫院，今天外婆就是躺在床上的，而且睡著了。媽媽在一旁削蘋果，我不知道可以做什麼，覺得好無聊。

我看見外婆床邊的矮櫃上放著一件東西，讓我感到很熟悉——那是一朵機器花，用螺絲釘、鐵片和彈簧做成的，只有外公做得出來。以前我在外婆家生活時，常常看外公做機器花送外婆，外婆收到機器花，每一條皺紋都笑了。

外婆的病床邊為什麼會放著一朵外公的機器花呢？我覺得好奇怪，另一方面又感到一絲微弱的希望，也許睡著的外公醒來了，偷偷把花放在外婆身邊，讓她起床時能看見……但我又想，外公為什麼要偷偷回來呢？他為什麼不在外婆的房子等我們呢？他為什麼要讓我們一直等他？他難道不知道等待一個睡著的人醒過來真是好痛苦啊！

我想把機器花拿給媽媽看，但她正忙著削蘋果，她的臉看起來既疲憊又不開心，我只得放下花，繼續安安靜靜。

也許外公根本沒有醒過來吧。我說服自己：那朵花也許是媽媽放的呀。可是我終究沒有問媽媽，我不希望媽媽告訴我花的確是她放的。

過了一會，媽媽把蘋果削完，外婆仍然沒有醒來，她就要我把蘋果吃了，不吃不能去花園，於是我只好乖乖接過蘋果。

她嘆了一口氣，向一位護士說我們會晚一點再來。我吃著蘋果，離開前把機器花輕輕放在外婆舒張的掌心，發現外婆的眼皮正顫抖著，不知道她做了什麼樣的夢，多麼希望，她能和我一起做碧西兒的夢。

回到外婆家，我做的第一件事就是跑到閣樓，打開通往小花園的門。有那麼一剎那，我以為自己會再度見到碧西兒的世界，但當我打開門，只有破爛荒涼的景色。外婆的花幾乎都枯萎了，外公的機械發明則到處都是，我想，鋼鐵和植物不同，並不會隨著時間腐朽。

結果那些依然生長著的機械花就在外婆的小花園裡持續綻放，陽光下，它們閃閃發亮。

記得外公在我離開前親手做了一個機器人送我，那是一個非常特別的機器人，事實上，它根本就是一個機器人形狀的鉛筆盒。機器人的手指是各種顏色的鉛筆，鼻子是橡皮擦，它的肚子上有好幾個抽屜，可以裝東西在裡面，如果你把它的舌頭拉出來，會發現你愈拉愈長，拉出了一捲長尺。

後來，我不小心把機器人丟掉了。

我很難過，因為那是外公好不容易做給我的機器人，我就這麼坐在小花園裡，看著外公遺留下來的機器殘骸，心想我是多麼地想念他啊。我愈想愈難過，甚至媽媽在樓下叫我，說要再去看外婆，我也不想去了。媽媽很生氣，但她拿我沒辦法，她看得出來我很傷心。

我回到外婆的房間，躺到蠶絲被上，發著呆，想念睡著的外公，然後漸漸地……我也睡著了。

* * *

我一醒來，就發現賈太緊張地望著我，他的小狼朋友趴在我身上拚命舔我的臉。

他們看起來非常害怕。

「我的天啊，你知道你睡著了嗎？」他傷心地

問，緊盯著我的臉，「我們叫不醒你，還以為你再也不會醒來了。」

「我沒有睡著。」我掙扎著推開小狼，但心裡感到滿足又幸福。

我又回到碧西兒的世界了，說不定還有機會見到碧西兒。外婆曾經說過，碧西兒的世界充滿各種各樣有趣的事情，只要我有足夠的勇氣，就能到任何地方冒險，我真希望能永遠留在這個夢裡。

賈太和小狼仍然用一種擔心的眼神看著我，因為不知道怎麼解釋，我只能不斷安慰他們，說我絕對沒有睡著。賈太擦擦眼睛，好不容易平靜下來，他指向森林盡頭的荒野，告訴我我們將往那裡前進。

「穿過荒野以後就會到達恰卡的國度，我和小狼打算到那裡避難。」賈太說。

我想起剛來到這裡時騎著老鷹的女孩，她也說自己的名字是恰卡，但她一副驕傲自滿的模樣，讓我很難把她和一個國家的女王聯想在一起。

我們走出森林，進入荒野，遙遠的地平線上方有一枚銀色月亮，矮矮地散發柔光。

抬頭仰望天空，太陽則是高高懸掛在幾朵白雲之中，把土地曬得又熱又燙。

我們在荒野裡走了很久，途中沒有人說話。這兒十分荒涼，感覺寂靜又危險。走到太陽和月亮的位置相同時，我們看見地平線上出現了一座巨大的建築物，當我們走得更加靠近，發現是一架機器人深陷於滾滾黃沙，它布滿塵埃的眼睛灰白失色，長長的金屬在陽光下冷冷地泛光，彷彿已經被時間遺忘。我和賈太、小狼佇立在機器人下方，忽然了解到自己的渺小，我們三個不禁都顫抖了一下。

尤其是我，我對這機器人產生一種奇特的懷念感，覺得它看起來好像外公送給我的機器人。記得外公睡著以後，我把機器人帶回城市的家，和爸爸媽媽生活在一起，但我一天比一天不開心，爸爸媽媽愈來愈少帶我去找外婆，如果我說要看外婆，他們就會露出困窘的表情。有一次，我還偷聽到媽媽跟爸爸說要把外婆送到安養院去，我難過極了，那是什麼地方呢？不管是什麼地方，我相信外婆一定不願意離開她最熱愛的菜園和外公蓋的房子。而且，我實在好想念外婆關於碧西兒的故事，還有碧西兒故事裡的動物們，至於外婆菜園裡的兔子和青蛙，沒有了我，牠們要如何維持和平呢？

我只能抱著外公送我的機器人懷念以前的時光，那時候，我走到哪都帶著外公的機器人，連上學也不例外。

有一天，我又被媽媽罵，因為老師在我的家庭聯絡簿上說我「愛做白日夢，上課不專心，請不要再讓孩子帶玩具上學」。媽媽不喜歡我總是一個人默默回味那些故事，但我也不喜歡媽媽只因為老師的話就責備我，再說外公的機器人才不是玩具，而是鉛筆盒！

媽媽說如果我再不認真上課，就要把外公送我的機器人丟掉。我非常生氣，她怎麼可以這樣！那是外公送我的禮物啊！可是媽媽做了決定，這是一個可怕的決定，媽媽甚至不能一個人作主，必須在晚上和爸爸嚴肅地商量。

最後，媽媽趁我睡覺的時候把機器人拿去屋外的大垃圾桶裡丟掉了，我早上起床到處都找不到我的機器人，只能不斷哭泣。我還記得那時媽媽抿著薄薄的嘴唇、雙手背在身後靠在白色的牆壁上，一句話也不說，她的眼眶紅紅的，我知道她也很難過，卻一定要這麼做才行。

她一定要這麼做才行，我真不知道為什麼。

我已經幾乎記不得那個機器人長什麼樣子，但埋在沙子裡的機器人巨大而且漂亮，是我心目中最棒的機器人，如果可以，我真想爬到上面看個仔細。

「這是碧西兒的朋友阿力造的。」賈太在我身後說，「沒想到被遺棄在這裡，真可惜啊。」

「你之前說阿力睡著了，再也沒有醒來，為什麼？」

「因為小外婆。」賈太說出那三個字時臉色慘白，而且沒有繼續解釋下去。他說那三個字的模樣就像說出「天空」、「下雨」、「蘋果」、「難過」等詞彙，是完全不需要解釋的，詞彙就是詞彙自己原本的意思，但我一點兒也不明白，只好問他：「什麼是小外婆？」

「小外婆就是小外婆。」賈太搖搖頭，「有人說她是黑暗女王的專屬巫師，根本胡說八道，沒有人可以操控小外婆，黑暗女王只是正巧擁有可怕的影子獵人，才可以偷走別人的影子又讓人睡著，但小外婆能夠讓人入睡也能讓人醒來。在最初，據說就是小外婆喚醒了夢中的碧西兒，也喚醒了這整個世界。」

「那麼她雖然讓阿力睡著了，有一天也會讓他醒來吧？」我問。

「沒有辦法，小外婆讓阿力睡著以後對碧西兒說，阿力永遠不會再醒過來，因為：『他已經醒著太久了。』」

賈太說完話，面色凝重地仰望高大的機器人，我也因此想起了外婆對我說過一個關於碧西兒和好朋友阿力的故事。

外婆說，碧西兒第一次做夢，並且拯救完紅老虎巴茲後，獨自一人和巴茲變成的虎斑貓在森林裡漫步。碧西兒感到很悲傷，因為她很寂寞，她走進一條上下顛倒的小徑，走入了夜空之中，踩過的地方激起陣陣流星。她一直走、一直走，終於走到了盡頭，盡頭座落著碧西兒希望看到的東西——一座機器屋，齒輪嘎嘎作響，煙霧瀰漫四周。這時屋門忽然彈開，一個和碧西兒年紀相仿的小男孩頭髮著了火，哇哇大叫地衝了出來。

外婆說，這個小男孩戴著一副圓眼鏡，看起來傻乎乎的，但他是碧西兒未來重要的盟友——發明家阿力，碧西兒去哪裡都要阿力陪伴，他會替碧西兒的冒險擬定戰術以及逃脫計畫，並且創造出各式各樣特別的工具幫助碧西兒，譬如有螺旋槳的飛行器、可以伸縮自如的繩索、鋼鐵做成的翅膀等等。

碧西兒和阿力的第一次相遇十分好笑，向來冷靜的東方森林主人碧西兒，少見地慌張匆忙，要幫阿力滅火，但阿力的機器屋是蓋在夜晚的天空裡，怎麼找得到水呢？幸好碧西兒有一把森林精靈用雨水凝結成的短劍，她拿這把劍拍打阿力著火的頭髮，終於讓火熄滅了。

他們倆人氣喘吁吁倒在天空裡，星星在他們身旁眨眼睛，過了好久，阿力才開口說話：「謝謝你，碧西兒，都是我那些發明實驗惹的禍。」

「你怎麼知道我叫碧西兒？」

「這裡的每個人都聽過你的大名，你是東方森林的守護者，你有一隻大老虎，牠有時候會變成虎斑貓。」

「喵。」虎斑貓在碧西兒懷中叫了一聲，掙脫著跑出來輕舔阿力的手。

「牠喜歡你。」碧西兒說。

「因為我正在發明一種自動餵貓裝置，你想看看嗎？」阿力拉著碧西兒的手往屋內走去，但碧西兒抽回手，停了下來。

「我還有很多事情必須去做，但我保證我很快就會回來，到時候，我們再一起玩吧。」碧西兒說道，她走向機械屋邊緣，即將踏上顛倒小徑，然而這條路走過一遍就會顛倒，所以碧西兒怎樣也無法踩上去。

「你等一下，我這裡有一樣東西可以幫助你。」阿力呵呵笑，跑進機械屋拿出一架滑翔翼，他手忙腳亂地教碧西兒怎樣操作，當繩索好好地綁住碧西兒的身體，她回過頭吻了吻阿力的臉頰。

「謝謝。」碧西兒真誠地說。一陣風吹過，虎斑貓跳上滑翔翼，阿力目送他們飛入夜色當中。

這就是碧西兒和阿力的初次相遇。

每次聽外婆說這個故事，我都希望自己就是阿力，假如我是阿力，當時肯定會跟著碧西兒一起搭乘滑翔翼離開。我想阿力那時候並不知道，往後他們兩人有那麼多的冒險要進行。

我讓賈太和小狼等一會，自己爬上了機器人的手臂，它幾乎有一半都埋在沙子裡，我努力爬著，但機器人的表面十分光滑，我總是差點就要掉下去。小狼大聲吠叫，賈太也擔心地看著我，可是不知道為什麼，我非常清楚自己一定要爬上去。下定了決心，我的手摸到一塊粗糙的鐵條，可以讓我抓住，我攀著鐵條往上爬，終於來到機器人的肩膀。

我站在機器人的肩膀上凝視它的臉，它的頭很大，還有長長的尖角，眼睛灰白，就像很久沒有清洗過的玻璃。這一刻，時間彷彿停止了，我們彼此對望，我覺得自己找回了那個被丟棄的機器人。

忽然間，我的身體震了一下，我趕緊蹲下來抓緊鋼鐵，但震動愈來愈強，我看見：機器人灰白的眼睛逐漸亮起紅光，它居然慢慢動了，我就在它的肩膀上，害怕自己會摔下去。賈太和小狼已經趕緊跑到遠處以免被機器人壓扁，只有我動也不敢動。

機器人慢慢從沙子裡伸出一條手臂，將自己從沙裡支撐起來，當它完全站立，我才了解到原來機器人有這麼龐大。我待在太高的地方，風兇猛地吹著，幾乎要把我吹落，但我努力抓著鋼鐵保持不動。於是機器人也轉動頭部，看向我，但也許，它並沒有真正看到我，它在找尋一些會動的東西，最後它看見了賈太和小狼。

他們現在已經變成兩個小小的黑點，我揮著手叫他們快跑，他們可能聽不見我的聲音，可是一看我激動的樣子就明白了，他們開始跑。機器人抖了一下，開始邁開大步奔跑。

我覺得自己會掉下去，機器人跑起來就像海嘯的浪，一波一波，我閉起眼睛用力抓緊。機器人被埋在沙子裡太久了，它跑著跑著忽然往前摔倒，我的身體被甩了出去，只剩下手抓著，我一句話也說不出來，只能死命抓好。

機器人光滑的鋼鐵表面倒映出一片神祕的黑影，一開始只有丁點大，後來卻整個覆蓋住了機器人。

我勉強張開眼睛，居然看見騎著白色老鷹的女孩恰卡，她又再次騎乘老鷹而來，並且她的老鷹比上一次看見時大得多，雪白的翅膀幾乎遮蔽天空，銳利的腳爪有機器人的頭那麼大，它用腳爪抓住機器人的頭阻止它跌倒，我也跟著吊在半空中。

恰卡金色的頭從老鷹脖子後面露出來。

「下面的還好嗎？」她大聲問。

「我快撐不住了！」我也使盡全力大叫，「快救我！恰卡！」

恰卡聽見我叫她的名字，似乎有些驚訝，她又仔細地看看我，才點點頭說：「你是那個笨蛋嘛，好吧，抓住我的手。」她朝我伸出手，但我兩隻手都抓著鐵條，不然會掉下去，根本不知道怎麼空出手來抓住她。

「一隻手給我，撐住兩秒就好！」恰卡生氣地叫著，「快點，別像個女生一樣！」

我只好深吸一口氣，用最快的速度把右手伸給她，我大概只撐了一秒，左手就放開了。恰卡還沒抓住我我就開始往下掉，太可怕了，我以為自己會摔成肉醬。在最後一刻，恰卡從老鷹脖子上滑下來抓住了我的手，我看向她，發現她也只剩下一隻手抓著老鷹脖子上的羽毛。

現在我覺得我們都會變成肉醬。

恰卡彷彿知道我在想什麼，不屑地哼了一聲，她開始搖動身體，前前後後，擺動的幅度愈來愈大，然後她大喝一聲，把我們一起甩上老鷹的背。

我趴在白色的羽毛中喘氣，恰卡壓低身體趴在我身邊說：「你怎麼在這裡？而且還是站得比我飛得還高，沒見過你這種笨蛋，喜歡爬高又下不來。」

「我沒有。」我不高興地反駁她，「只是這個機器人……我好像知道它在想什麼，它在對我說話。」

「別傻了，機器人已經在沙子裡很久了，每個旅人都知道。」

「真的，我看著機器人的眼睛，覺得它還活著，然後它就忽然動起來了。」

恰卡沒有說話，她正忙著告訴老鷹把機器人推回原本的地方，好讓它冷靜下來。

「如果你說的是實話，也許阿力會甦醒，只有他才能控制這個機器人，碧西兒會很高興的。」恰卡輕輕地說。

「你認識碧西兒？」我好奇地問。

「是啊，我還是小嬰兒的時候，是碧西兒把我帶回城堡撫養長大，但我愈來愈大，碧西兒卻永遠都是九歲，有一天，我終於長到了十五歲，我再也不能留在碧西兒身邊了。」恰卡停了一下，她的聲音聽起來充滿憂傷：「你知道看著一個人慢慢變老是一種怎樣的感覺嗎？」

我沒有告訴她，但我的確知道，我想到爸爸、媽媽、外公、外婆，他們都和我以前見到的不一樣，他們愈來愈老，然後到了某一天，他們就像賈太說的那樣「永遠睡著了」。

我又回想起最後一次見到外公，他躺在長盒子裡的樣子，那時候，我的心裡空空的，鼻頭很酸，卻哭不出來，

「好了，我們得把機器人修好。」恰卡對我說。於是我趕緊把眼淚擦掉，問她要怎麼做。

「現在的機器人眼睛呈現紅色，是警告燈亮了，要進到機器人頭裡的控制室把燈關掉。」恰卡說完深深看著我：「你可以辦到嗎？傑傑。」這是恰卡第一次叫我的名字，我點點頭說：「沒問題。」

恰卡的計畫是讓白鷹固定住機器人的頭，我再從白鷹身上爬到機器人後面。

「機器人的頭後方有一扇小小的維修門，大概只有你的身材進得去。」恰卡說完就在我身上綁了一條繩子，以免我沒抓穩摔落，我慢慢從白鷹的嘴喙爬到機器人肩膀。其實機器人的肩膀十分平穩，有一條像是刻意做出來的小走道，我踏上走道接近了恰卡說的維修門。那真的是一扇相當小的門，當我打開門爬進去，感覺裡頭的空間就像是特別為我設計般剛好。我在黑暗裡爬了一會，終於爬進了一個碗櫥大小的房間，那兒有許多顏色的燈閃來閃去，但恰卡告訴過我不用管那些燈，只要把所有紅色的按鈕按下去，它會不斷變換顏色，按到白色就可以停止了。

我一一按著按鈕，可是有一個燈怎麼按都是紅色，摸起來軟軟的，愈按愈熱，機器人甚至動了起來。我在控制室裡面的水晶球上看見外面的情況，機器人根本是發瘋了，它鋼鐵的手臂和恰卡的老鷹奮戰，並且用力掙脫，開始一路狂奔。

我聽見恰卡在機器人外對我嘶吼：「你不能讓它往那個方向跑！傑傑！那是我的西方森林！有很多無辜的動物在那裡！」

但我一點也不知道該怎麼控制這個機器人，只能不斷按那個紅色的按鈕，按鈕最後變得非常燙，我用力拍打按鈕，急得大叫：「停下來！你不是我的機器人嗎？我已經把你找回來了，我發誓再也不會丟掉你！我發誓！」說也奇怪，這次當我再按下那個按鈕時，它變成粉紅色的，再按一次就變成了白色，機器人停下了，它開始慢慢走，跟著恰卡老鷹的帶領一步一步往前，我看見賈太和小狼辛苦地跟在後面。

我們進入了一座從未見過的大森林，在這個地方，每一棵樹都高聳入雲，即便如此，樹葉卻薄得透明，可以讓陽光穿透樹葉落在森林裡，這樣一來，森林看起來就一點也不陰暗了。

恰卡的老鷹愈變愈小，最後變成一隻只能站在恰卡肩膀上的小白鷹，牠親暱地輕咬恰卡的耳朵，這時，森林裡的其他動物全都一一現身歡迎我們，真是古怪，這座森林裡絕大多數的居民都是動物，動物中又以青蛙最多，褐色的青蛙從土裡蹦出來，綠色的青蛙像下雨一樣從樹上往下掉，其他還有白青蛙、黑青蛙、紅青蛙、紫青蛙、彩色青蛙，數不清顏色的青蛙在森林裡跳來跳去。青蛙們就像西方森林的守衛，當青蛙出來了，其他動物才跟著露臉，慢慢走出幾棵看起來像超大蘿蔔的樹，來到我們面前。

看得出來恰卡很受敬重，兔子、小鹿和天鵝都喜歡依偎在她身邊，簇擁著她走向森林草地。垂著長尾巴的孔雀和鴿子也飛到機器人肩上，機器人一點也不生氣，只是溫馴地跟著恰卡走。她指示機器人坐在一塊大石頭上，機器人笨拙地彎下腰坐上去，大石頭應聲碎裂，幾隻鳥兒被驚得飛起來停到樹枝上。

機器人很安靜，我覺得它應該不會再發狂了，於是悄悄爬出控制室，從機器人身上溜下來。

賈太和小狼這時也趕上我們。賈太不可思議地望著以前的景象說：「這就是我們一直想來的西方森林！」

小狼發出嗚嗚叫，走向恰卡用鼻吻輕碰她的手。

「你們就待在這裡吧。」恰卡坐在如茵的草地上撫摸小狼的頭，「從中央荒漠到西方森林可是一段不算短的旅程，好好休息，目前黑暗女王不會發動攻擊，但過一陣子就很難說了……」

「為什麼？我聽說西方森林是最安全的。」賈太不安地問。

「戰爭從來沒停過，哪裡都一樣，如果碧西兒再不出來幫忙，我們會輸。」恰卡凝重地說，「整個世界會陷入黑暗女王的影子裡再度睡著，紅老虎巴茲會被做成地毯，我們的森林會被摧毀，動物全部消失，一點聲音也沒有……」

恰卡說出的這些話實在太讓人難過了，賈太甚至捂著臉發出小狗般的哭聲，其他動物也沉默了。

我看著動物們，忍不住問恰卡：「沒有其他方法了嗎？不能再勸勸碧西兒嗎？」

恰卡搖了搖頭：「不知道，我去找過她很多次，但她的城堡已經被荊棘圍繞住，最近還有影子獵人覬覦，再也沒有人敢到那裡去。」

我不相信。碧西兒曾經是那麼偉大的人，怎麼可能因為阿力睡著了就再也不肯出來。

「總之先別說這些，晚上我替你們安排營火晚會，會有從世界各地前來的戰士，到時候大家再好好談，也可以避開影子獵人的竊聽。」恰卡說。

這時一股奇怪的感覺襲向我，恰卡的臉在我面前模糊，逐漸變成媽媽睡著的臉。

我又醒了，從碧西兒的夢裡醒了。

我坐起身，時鐘顯示現在是下午三點，正好是媽媽睡午覺的時間。我不想醒來，可是也有點感謝媽媽沒有把我叫醒，如果她一開始就把我吵醒，我一定會更快醒來。

我躡手躡腳爬下床，覺得頭昏腦脹，好像我還沒有完全從夢裡甦醒，好像外公外婆還在這棟奇形怪狀的小屋子裡，而我就像以前一樣，跟著他們兩個，一級一級走上通往閣樓的階梯，打開通往花園的門。看啊，那裡不再是一片荒蕪，而是長滿奇花異草的祕密地，外婆、外公、爸爸和媽媽坐在那裡，泡著茶又吃點心。他們原本正津津有味聽外婆說故事，看見我來了，已經微笑地準備要聽我說故事……我眨眨眼，那些景象一下子就消失不見。

我不相信，又「砰砰砰」地跑下樓衝到外婆的花園裡，外婆明明就蹲在兔子與青蛙兩邊的中界線上，替我拿蘿蔔和番茄安撫牠們呀，但我揉揉眼睛，外婆又不見了。東方森林和西方森林的木牌子搖搖欲墜。山谷之中十分寒冷，霧讓我逐漸地看不清楚，我忽然覺得自己好小好小，而周遭的一切好大好大。因為我是那麼地小，似乎變得很容易被遺忘，似乎我會就這樣被霧托起身體，慢慢飄飛到不知什麼地方去。媽媽起床以後不僅找不到我，她還根本不記得有我的存在，就像外公睡著以後，爸爸、媽媽也漸漸把外公忘了，只有外婆不想忘記，所以才一直躺在床上，希望在夢裡見到他。

這種想法讓我害怕，如果一個人睡著了就會被忘記，那我再也不想睡覺了，如果長大就是不能做喜歡的夢，並且要遠離自己的家，那我再也不吃飯，再也不長大了。

我回到屋子裡時媽媽已經醒過來，她站在外婆房門邊緊張地看我，問我到哪裡去了。

我不想回答她，只是搖搖頭。她變得有點不高興，說：「到房間把外套穿起來，我們要去看外婆。」

「你不是已經去了嗎？」我問。還來不及拿外套，媽媽就自己衝進房間把外套取出來，並在門口粗魯地幫我穿上。

媽媽跟我解釋的時候，聲音居然有點顫抖：「外婆狀況不好，可能……」

我不知道媽媽想說什麼，但接下來一切都發生得非常快。媽媽到屋外開車，等我上了車，她用力一踩油門，我們在五分鐘內就回到醫院，媽媽帶我到一個亮著燈的房間外面等待。我不喜歡等待，也不知道我們為什麼要在這裡等，我問媽媽，她簡單地說外婆在裡面，然後就再也不說話了。

我和媽媽並肩坐在椅子上，醫院的冷氣甚至比山上冷，因為無聊的關係，我一直低著頭看自己的腳在椅子下晃啊晃。媽媽不時打電話給爸爸，我想問她：爸爸會不會來？外婆又在房間裡做什麼？但我覺得，媽媽應該不希望我問問題，她看起來太傷心了，一點也沒有想要回答的樣子。

過了好久……我也不能很清楚地說，畢竟醒著的時間總是過得特別慢。總而言之，有個人走出來……他告訴媽媽一些事，媽媽就笑著哭了，還忽然變得好溫柔，說要帶我去醫院餐廳吃東西。

媽媽牽著我到餐廳的路上，我問她：「外婆還在房間裡嗎？」她說：「還在，但不久就會出來，然後我們又可以去看她了。」

媽媽買來一些蛋糕，我們一面吃，媽媽一面哼歌。她唱的歌讓我覺得熟悉，我仔細地想了想，發現那是外婆經常哼唱的旋律。我問媽媽：「原來你也知道這首歌呀？」媽媽神祕地笑了，還把她自己的那份蛋糕推給我。

我把蛋糕吃得精光，這時媽媽說：「你最近好像有點嗜睡。」

「什麼是嗜睡？」我問。

媽媽解釋就是每天睡很久，還叫不醒，就像那天她叫我叫了十分鐘我都醒不過來。

「最好順便到醫院檢查一下。」媽媽堅持道。

雖然我不是很願意，看見媽媽臉上的線條變得柔軟，不再那麼緊繃僵硬，我又想還是不要再和她吵架吧。

「我們先看外婆，然後帶你去找醫生，好嗎？」媽媽拍拍我的肩膀，我點頭說好，然後低頭喝自己的果汁。

外婆沒事。我想著：外婆沒有真正睡著，她沒事。

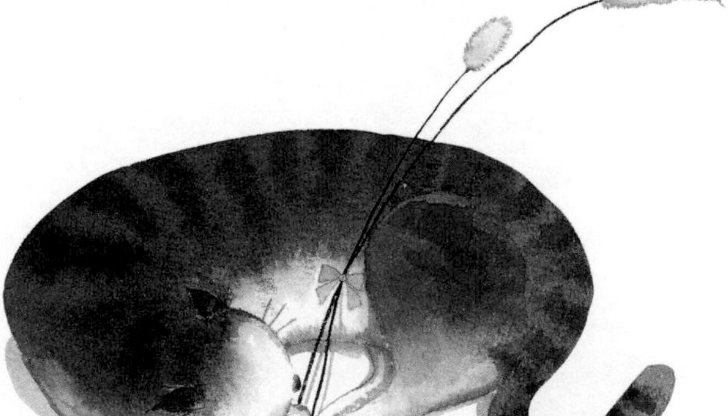

三、心碎的河

我們終於可以看外婆的時候，媽媽又開始認真不懈地削起了蘋果，而我則呆呆地坐在旁邊，感到陌生與害怕。

我覺得，外婆愈來愈不像我記憶裡的外婆，她的身上插滿管子，看起來明明很痛，但她只是閉著眼睛，一句話也不說。

護士小姐告訴媽媽外婆已經穩定下來了，可是時日無多，媽媽看起來非常傷心。

媽媽削完了蘋果又讓我吃掉，然後帶著我鄭重地和外婆告別，向沉睡的她保證我們明天早上就會回來，請她一定要等我們。

接著媽媽帶我去看醫生，我和媽媽的臉色讓醫生以為我得了絕症，媽媽趕緊告訴他我只是變得很愛睡覺。

「沒事沒事，你們是外地人吧？孩子忽然轉換環境有時會從心理造成生理問題，這個年紀多睡覺也沒什麼不好，我們再觀察一陣子。」那個醫生的聽診器上掛著玩偶吊飾，笑呵呵地摸摸我的頭，雖然他說的話我是一句也聽不懂，媽媽倒是變得很放心，所以我不用打針也不用吃藥就可以回家了。

這天晚上，媽媽吃過晚飯就早早上床，我一個人跑到外婆的菜園裡，希望可以見到一兩隻兔子或青蛙，至少可以對牠們說說話，外婆不在，牠們一定也覺得奇怪。但那兒什麼動物也沒有，只有亂糟糟的雜草。風把霧從山上吹下來，沒一會，周遭就變得伸手不見五指，我摸著水氣走回屋子，忽然覺得好累好想睡，但我又有點不敢去睡，經過今天，我是如此害怕……假如這一次我睡著卻沒有做任何夢，只是普通地在明天醒來，我一定會很失望。我還在期待恰卡的營火晚會，以及從各地來的戰士，不知道他們長什麼樣子？我在客廳裡坐立難安，又不時打瞌睡，我勉強振作起來，心想還是趕緊去睡覺好了。

我躺到床上，幾乎一瞬間就進入夢鄉……不對，是進入了碧西兒的世界，發現四周吵吵鬧鬧，還有人在唱歌，。我從一根枯木上爬起來，看見旁邊有好大的營火，是用枯樹枝堆出來的，那火焰把森林照得像白天一樣，我也得以看見營火旁的動物和各種奇形怪狀的人：有些人看起來兇惡可怕，還有四條手臂，有些人穿著小丑的衣服在吹笛子跳舞，有些人髒兮兮的，披著動物的皮毛，我看到賈太正熱切地和他們談話。

「小鬼，不去跳舞嗎？」一個懶洋洋的聲音對我說。我一轉頭，一個戴著寬邊帽的男人正朝我微笑，他看起來很危險，一邊眼睛戴著眼罩，滿臉的鬍渣，他喝著裝在樹葉裡的深色飲料，發現我在看他，便將樹葉遞給我。

「要不要喝？」他問。

「不用了，謝謝。」我緊張地回答。

「別擔心，我沒下毒，而且這是果汁不是酒。」

我搖搖頭，他看起來是個大人，我只要遇到大人就不知道怎麼辦，覺得做什麼都是錯的。

「你知道恰卡在哪裡嗎？」我小心翼翼問他。

「啊，恰卡嘛，大概在這兒最高的地方。」男人告訴我。

「最高的地方……做什麼？」

「看星星啊，恰卡的意思就是星星，你不知道嗎？」說完他就揮著手把我趕走。

森林中最高的地方在哪兒，我是一點頭緒也沒有，當我走向比較空曠的地方，抬起頭，我看見一棵最高的樹，它的枝葉朝天空生長，幾乎搔到了星星。那棵樹絕對是最高的，我卻不知道該怎麼上去，這時我身後的一塊岩石動了一下，我才發現原來那不是什麼岩石，而是機器人的腳，它散發淡淡白光的眼睛轉向我，小心地伸出了它巨大的手。

我了解它的意思，立刻爬上去讓它把我舉高。但你知道，那棵樹真的太高太高了，就算機器人完全站立把手舉高，我距離樹頂還是有一小段距離，只能靠我努力攀爬。

我從機器人手中跳向樹枝，緊緊貼著粗糙的枝幹，我往上望，看到恰卡就坐在樹頂上的一個大鳥巢裡。

「恰卡！」我大聲叫她，她低頭看我，故意深深嘆了口氣才把我拉上來。

「你想幹嘛？我說過……」

「不能站得比你高。」我笑著說，「可是你看，你的身高比我高多了，就算坐在一起，你還是比我高喔。」

恰卡聽了不以為意地聳聳肩，但放軟了表情。

我們安靜地看了一會兒天空裡的星星，它們是我見過最美麗閃亮的小東西，而且閃動得很有規律，一下閃左邊、一下閃右邊，星星偶爾往下墜落，拖出一條長長的銀色絲線劃過夜空，就像豎琴的弦……我把這個想法告訴恰卡，她點頭表示同意。

「你讓我想到碧西兒和阿力在碎心河的故事。」

「真的？是怎麼樣的故事？」我問她。

於是恰卡娓娓道來，關於碧西兒和阿力不斷地冒險不斷地流浪，有一天，碧西兒終於感到累了：

那個夜晚是屬於碧西兒的，夜晚隨她的心臟一縮一緊。

從家園的穀倉可以抵達碧西兒所在的寂靜河流，儘管沒有陽光，河面仍晶瑩閃亮。碧西兒捂著胸口，試圖撫平躁動的黑夜，但一切都是徒勞。

碧西兒抱著頭，她忘記了為什麼。

「你的心碎了一地。」阿力的聲音帶著憤怒出現前，碧西兒坐在河邊，身後跟著透明哭泣的粉末。阿力的聲音出現後，碧西兒閉上眼，呼喚那個戴著眼鏡、傻氣的小男孩。阿力整個人都出現時，碧西兒依舊不願睜開眼，她等待著一場夢中夢，那是有可能存在的，她曾經去過，那兒充滿色彩與奇妙聲音，美妙無比，引人入勝，她可以睡得更深、更久……

「碧西兒！」阿力更憤怒了，碧西兒只能不情願地張開眼睛，看見小男孩阿力，他就像他們第一次相遇時那樣色彩繽紛、璀璨迷人，捧著自己拋撒一路的心臟碎片，對她怒目而視。

碧西兒垂下眼睛，等待阿力坐到自己身邊。

「還你。」阿力將碎片捧給碧西兒，她卻搖搖頭說：「給你，我不要了。」

「如果你非得這樣，就是換你在粉碎我的心。」阿力說。

碧西兒沉默著，眺望從夜空中爭相墜落的星子，她感到沉重，從未如此無助、脆弱，卻又沒有原因。

「你想丟棄重要的東西。」阿力突然悲傷地說道，「是因為你已經失去了最重要的東西，你丟棄其他的，只是想確定失去的不是最重要的。」

「你怎麼知道？」

「我們認識那麼久了。」

碧西兒這時與阿力那雙始終不變的黑眼珠對在一塊，她從那雙眼睛裡看見所有她想像不到的，她已經忘記的，她看過的與還沒看過的。

碧西兒不得不避開阿力的眼睛，那使她看見他手中透明尖銳的碎片，那雙捧著碎片的手心溢出鮮血，黃昏的顏色。

碧西兒感到微微驚慌，但她沒有表現出來，她不想傷害這位重要的朋友。

碧西兒拿起阿力的手緊緊握住。

「碧西兒。」阿力笑了，用另一隻手從懷裡取出一顆完整的心臟，它純潔無瑕、透明美麗，卜卜跳動就像最生動明亮的早晨。他將心還給碧西兒，並且親吻她的額頭。

這時，滿天的星星都流過了夜色，絲絲白銀的線成為豎琴的曲調，既輕緩，且憂傷，同時又是寂靜的吟唱。

恰卡說，這是流傳在夢之國度中最浪漫的愛情故事，我問她什麼是愛情故事，她瞪了我一眼，像被我打敗了：「算了，反正在碧西兒丟棄自己的心，不想繼續冒險下去的時候，阿力做了一顆新的心送給她，從此以後，那條河就被叫做碎心河，據說碧西兒原本心臟的碎片最後被撒在那裡。」

「然後呢？」

「然後造出了我。」恰卡別過臉，不想繼續說了。

我很驚訝，苦苦懇求恰卡告訴我為什麼。

「碧西兒丟掉的心在河水裡慢慢變成了一個小嬰兒，有一天，碧西兒和阿力在河邊發現這個小嬰兒，他們把她帶回家照顧，給她取名叫做恰卡，恰卡就是星星的意思。」恰卡漫不經心地告訴我：「和碧西兒的名字同樣屬於天空，你知道吧？碧西兒的意思是閃電，打在夢的哪裡，她就從哪裡下來。」

雖然我們在全森林最高的樹木頂端，仍然有動物和戰士們的笑聲隱隱約約傳上來，恰卡在巢中站起身，朝我伸出手說：「走吧，我們該繼續參加晚會了。」

我把手交給她，她的小白鷹漸漸變大，我們一起坐著雪白的大老鷹往地面飛去。

然後，我看著恰卡走近中央營火，舉高雙手，戰士們和動物紛紛安靜下來，聆聽恰卡即將說出的話。

「遠道而來的朋友你們好，我是西方森林的主人白鷹恰卡。」她先停了停，確定每個人都看著自己後才說：「你們應該知道最近黑暗女王的力量愈來愈強，陰影已經吞噬了一半的夢之國度。她之所以能夠這麼快佔領其他森林，完全是因為有『小外婆』的幫忙。」

一些特別柔弱的動物聽見這個名字就躲到其他動物的皮毛底下，或者衝進戰士的衣服裡瑟瑟發抖，當我看到一隻松鼠從獨眼男人的衣領裡探出小小的腦袋，我忽然再也不怕他了。

「我一個人沒辦法贏得戰爭，需要大家合作，雖然我知道你們有些人彼此看不順眼，有些人甚至曾經是影子獵人……」恰卡說著轉向獨眼男子，男子無所謂地笑了笑。恰卡繼續說：「有些人則出身於野狼的地盤，但我要請你們好好想一想，那些陷入永恆沉睡的無辜動物，潔白溫柔的天鵝，還不太會站的小鹿……牠們從來沒有傷害過別人，卻再也無法醒來，你們知道為什麼。」

聽見自己族群的幼崽遭受這樣的對待，一隻公鹿挺起角奮奮地踩著地面，差點踩到一隻粉紅色的小青蛙。

「沒錯，還有你們的孩子，黑暗女王絕不會手下留情。」恰卡對穿著獸皮的人類喊道，「整個世界都會睡著，再也無法醒來！」

聽了恰卡的話，每個人、每隻動物、每隻青蛙都高舉手中的武器發出吼聲，有些來不及拿出自己的武器，便舉起飲料或食物充數，那隻躲在獨眼男人衣領當中的松鼠就舉起了一顆橡果，而獨眼男人舉起的是一把長槍。

這是我第一次看到人類和動物們團結一致，只為了保護這個他們生存的世界。我低下頭，發現有兩隻兔子和一隻青蛙正抬頭望著我。

「你們是……」我吃驚地笑了出來，「我記得你們！你們是從外婆的菜園裡來的！」

兔子們面面相覷，又看了看青蛙。

「你們是朋友？其他人也在這裡？你們兩家終於和好啦？」

牠們聽不懂我說的話，而且很快就覺得我不如晚會來得好玩，牠們一起圍繞我，把我推向火堆附近。這時吹笛人演奏起了樂曲，浣熊在木塊上打著節拍，鳥兒們啁啾高唱，髒兮兮的流浪者也彈起了吉他。音樂和著音樂，有人慢了一點，其他人就跟著放慢，有人轉了調子，其他人也跟著變奏，實在太好聽了！剩下的人開始跳起各自的舞蹈，我不會跳舞，但神奇的是舞步卻浮現在我的心裡，我和我以前的好朋友——兔子與青蛙們跳起了舞。接著賈太也靠向我，和我分享裝在樹葉裡可口的果汁，他還向他的同伴借了一張獸皮讓我穿上。我們像瘋子一樣吼叫，狂野地跳著莫名其妙的舞。獨眼男人不久也加入火堆，我還是有點害羞，不敢看他，可是他非常溫柔，讓我踩在他的靴子上慢慢移步，他讓我想起爸爸……最後，獨眼男人把我推向恰卡，我和她牽著手，靠在一起隨音樂舞動。

恰卡比我高了一個頭，但她綠色的眼睛看起來真美。恰卡笑了出來，我這才知道原來自己不小心把心裡話說出口，她輕輕地說：「你的眼睛也很漂亮，是綠色的，和我一模一樣。」

恰卡這麼說讓我好高興，因為我的確想要成為和恰卡一樣的人，過了今天，我覺得恰卡和碧西兒一樣了不起。

我們仍然在跳舞，不知何時，中央營火卻愈來愈小，最終漸漸熄滅了，森林被黑暗籠罩，我們停下動作，抬頭凝望漆黑的天空，星星消失了，月亮也不知所蹤，寒冷的風一波波吹來，我們開始發抖，因此更加靠近熄滅的火堆。

火堆中有微弱的餘燼，橘紅的焦炭只要吹幾口氣就會發亮，幾隻小動物靠上前用力吹，希望能再度把火點燃。可是這時灰撲撲的樹枝殘骸和暗紅的火焰竟形成了一名老太婆的臉，我們眼看又瘦又小的老婆婆慢慢從灰燼裡站起來，她的臉在陰影裡顯得黑暗不清，但我知道她在笑。

周遭一點聲音也沒有，我驚恐地發現我的朋友全都消失了，只剩下我一個人孤零零站在黑暗裡。

老婆婆穿著一件髒兮兮的碎花布衣，雙手背在身後，駝背使她看起來更加矮小，就像她整個人正被黑夜擠壓著才變得如此小，但她一點也不介意，她笑得露出一口沒有牙齒的嘴，我聽見她對我說：「嗨。」

「你是誰？」我問。

「你可以叫我小外婆。」她回答。

『外婆就是外婆，哪裡來的小外婆？』一個女孩的聲音遠遠傳來。我盯著老婆婆，必須用盡全力才能回想起自己真正的外婆。

「你想讓每個人都睡著。」我努力讓自己的聲音聽起來很勇敢，我永遠都不會忘記恰卡曾經說過「你在夢裡的勇氣愈大，動物就會愈大」，我希望我的動物朋友們可以變大，把黑暗驅趕走。

「是，但也不是。」小外婆的聲音聽起來有點悲涼，讓我想起某個除夕夜，我和爸爸、媽媽原本開心地在吃晚餐，這是我們全家一起度過的第一個新年，也是我們第一次沒有吵架，好好地坐在一起談天說地。爸爸不用上班，媽媽也在家裡，我被他們圍繞在中間，覺得很快樂。忽然電話響了，媽媽接起電話，她的臉一下子變得好白，接著爸爸就把電視關掉，媽媽為我穿上棉襖外套，爸爸嚴肅地開車載我們回外婆和外公的家……我才知道，因為天氣太冷，外公心臟病發作過世了。

我看著小外婆，驚訝地想，對，其實我是知道的，外公不是睡在方盒子裡，而是永遠地死去了。小外婆讓我意識到這個事實，她身邊的悲傷氣息，讓我無法再欺騙自己。

那個寒冷的除夕夜，應該要開心的日子，以後的每一年，我們雖然還是有吃年夜飯，媽媽看起來總有一抹憂傷，爸爸也不再說笑話了。

一年又一年，我開始想是不是我長得愈大，爸爸、媽媽、外公、外婆就會變得愈老，是不是因為我長大他們才變老的，如果我不長大，也許他們就可以一直陪在我身邊，那我就不要吃飯也不要睡覺了。媽媽以為我還小，不知道外公發生了什麼事，騙我說外公只是睡著，但我最後一次看見外公在方盒子裡我就知道了，外公已經不在了，那個長盒子裡的人一點也不像睡著，甚至也不像外公。

我還是告訴媽媽：我希望外公快點醒過來。

他當然再也不會醒過來，就像碧西兒的這個世界一樣，睡著了就永遠不會醒了。

「傑傑，你不要哭。」小外婆沙啞的聲音告訴我，「每個人總有一天都會睡著，他們睡著，只是到另一個夢裡。」

「但那是什麼樣的夢呢？沒有人告訴過我呀！」我啜泣地說。

小外婆不再笑了，她靜靜地等我平息下來，才輕聲說：「傑傑，那是一個全世界最大的祕密，只有去過的人才知道，但去過的人沒辦法告訴你，你只要明白，有一天你也會到那裡去，每個人最後都會到那裡去。」

「我不要！」我大喊著衝向小外婆，想要把她推開。「你讓每個人都睡著了！我永遠不會原諒你！我會和恰卡、大老鷹、機器人、賈太、小狼和我的動物朋友們把你趕走！我一定會把你趕走！」

小外婆卻像融化了一樣，她慢慢消失在變涼的空氣中。

「我只是盡我的本分。」她最後嘆息著留下一句：「去打敗黑暗女王吧，傑傑，打敗了她，你們才可以打敗我。」

森林中的營火熊熊燃燒，小外婆不見了，每個人都愣愣地站在原地，品嘗剛才獨自在黑暗裡的恐怖。

恰卡在火堆旁抿起嘴唇，想了許久，她說：「明天我們就出發前往北方，向黑暗女王宣戰。」

人群中湧起一片嗡嗡耳語，我知道，大家是被小外婆嚇到了，我想說點什麼，但又啞口無言。

獨眼男人突然清了清喉嚨開口：「請聽我說。」

「你是誰？」賈太身邊一個披著獸皮的小孩疑心地問。

獨眼男人似乎被這個簡單的問題難倒，他嚼著一根草，慢吞吞回答：「叫我阿吉吧。」

「影子獵人阿吉。」披著獸皮的小孩跳了起來，「你是黑暗女王忠實的手下！」

「那是以前的事了，當然我不否認，黑暗女王使用影子的方法是我父親教給她的。」阿吉的坦白讓所有人都站起身子，擺出準備攻擊的姿態，動物們則豎起毛髮齜牙咧嘴，要不是恰卡攔著，阿吉大概已經被撲倒了。

「別那麼激動。」阿吉眼看大勢不妙，趕緊舉起手投降，「我現在是恰卡的盟友，聽她的話慢慢滲透黑暗女王的軍隊。」

「我們不相信你。」

「但這小傢伙相信我啊。」阿吉指著衣服裡的松鼠，松鼠看看牠憤怒的同伴，又看看阿吉滿臉笑容，忽然心虛地跳了出來，打算回到自己的同類之中，牠跑了一會就被迫停下，焦躁地轉頭咬自己的毛，原來阿吉伸出一根手指壓住了牠的影子。「唉，你這樣可讓我很傷心。」阿吉搔了搔頭，表情變得嚴肅：「恰卡，我們需要碧西兒。」

「不可能的，已經很多年沒人看過她了。」恰卡不高興地說。

「阿力的機器人重新啟動，世界各地的戰士們齊聚一堂，我不認為這次會失敗，派一個人去拜託她吧。」

恰卡問：「那要派誰去呢？」

「當然是你啊。」阿吉看著恰卡，彷彿曉得她所有的故事。「就我所知，你從來沒有真正去看過她吧？這次你好好和她說，也許她會願意出來幫忙。」

恰卡似乎並不樂意，但現在每個人、每隻動物都看著她，所以她不得不點頭。

「好，我再試一次。」恰卡說完這句話，肩膀上的小白鷹忽然發出尖叫，呼應著遠方其他鳥兒的叫聲，牠們好像在對話，交換重要的訊息。

然後一切又變得那麼靜，小白鷹睜圓了眼睛，深深凝視前方，牠的眼睛睜得那麼大，使人害怕。

一隻色彩鮮豔的鸚鵡從黑暗中現身，飛得愈來愈近。

「黑女王來啦！」牠惶恐地嘎嘎大叫，「黑女王來啦！」聲音令人心寒，每個人都拿起武器準備應戰，動物們抬起鼻子嗅聞空氣，恰卡的小白鷹開始長大，恰卡跳上鷹背，把我也拉了上去。

「他們已經知道該怎麼戰鬥。」恰卡對我說，「你什麼都還不懂，別妨礙他們。」我聽了有點挫折，老鷹一下子飛得更高，我趕緊抓住老鷹的羽毛，不再想其他事情。

「現在怎麼辦？」我在狂風中大聲問。

「我們要去偷看黑暗女王派了多少影子獵人。」恰卡一說老鷹便側著身子斜飛，鑽近風的切面裡俯衝而下。

我要瞇起眼睛才能看到……底下被黑色火焰焚燒的森林以及吵鬧的黑影，他們已經看不出來有人類的樣子，只是人的影子，它們的數量是如此多，連我都不禁感到絕望。

「怎麼可能會有這麼多人呢……」恰卡發著抖喃喃自語，「這樣不行，必須回去警告他們，這次沒有勝算。」

我們盡快飛了回去，但還是有不好的預感，覺得來不及了。

等我們回到營火晚會的會場，我們看見的是完全熄滅的火堆以及躺在附近的睡著動物，牠們看起來好小，眼睛閉起來的模樣十分安詳。

恰卡嗚咽了一聲，循著睡著的小動物往森林深處行走，她在那裡找到更多睡著的動物，甚至還有幾個年幼的人類戰士。

森林愈來愈暗、愈來愈悽涼，但恰卡還是不斷走著，我很不安，從恰卡身後抱住了她說：「別這樣！恰卡！它們是故意把動物放在這裡要引你過去啊！」可是恰卡一點也聽不進我說的話，她的眼淚熱騰騰地濕透了我的心，讓我也好想哭。

一陣詭譎的腳步聲傳來，我們立刻躲在一顆岩石後面，腳步聲愈來愈響，空空洞洞，彷彿不存在。聲音已經來到我們剛才停留的空地，但我們還是什麼也沒看見，只有荒涼的風不斷吹啊吹。

腳步聲遠去後，恰卡痛苦地告訴我：「那是他們走進另一個夢裡的聲音。」我不知道該說什麼，這個碧西兒的世界居然也有悲傷得不得了的事情，我和恰卡牽起手，不需要交談，我們已經有了和影子獵人決一死戰的打算，雖然他們的數量是那麼地多，我們也不害怕，恰卡的小白鷹輕輕咬了咬我的耳垂，我跟牠說：雖然我的勇氣不多，但牠也可以吸收我的勇氣長大。

影子獵人要來了，我們感受到那股奇特的寒意，恰卡看著我，我也看著她，知道就是下一秒——

我的肩膀突然被人往後拉，恰卡也是，我們雙雙跌進了一小片綠光裡，定睛一看，原來發光的是一群螢火蟲。

「噓。」阿吉拉著我和恰卡低聲說，「有一半的人逃出來了，我們得快點離開。」

我望向阿吉身後，有賈太和他所剩不多的同類朋友、奇形怪狀的光頭男人、雄鹿、小狼、外婆菜園裡的的兔子和青蛙……以及其他毛髮被燒傷的動物和看起來十分疲憊的幾個人類。

與不久前晚會上的人數比起來，成功逃走的實在太少了。

「快走吧。」恰卡推擠我，讓我跟隨螢火蟲的光芒離開森林，我永遠都不會忘記這天，大家分別看了森林最後一眼，離開這令人心碎的地方。

四、影子與星星

我醒了過來。

和以前不一樣，這一次我醒得就好像只是在夢裡輕輕眨了眨眼，外婆蠶絲被的味道真實地傳進了我的鼻子，我想我確實是醒了。

媽媽還在睡，她的身體躺在我旁邊，緩慢地上下起伏，我忽然發現她也有好多白頭髮。

我摸著媽媽的白頭髮，把她弄醒了。

「你在做什麼？」她問我。我嚇了一跳，害怕媽媽會因為我吵她醒來而生氣，但她沒有生氣，反而好奇地看著我。

我說我做了一個夢。

「然後呢？」

我安靜下來，我不想告訴她。

「沒關係，每個人都有不想告訴別人的夢。」媽媽一面說一面伸懶腰，這個我平時看了幾百萬次的動作忽然變得好熟悉……我想到恰卡。

我趕緊搖搖頭，覺得很荒唐。我問她做了什麼夢。

「不告訴你。」媽媽說，「除非你也告訴我你的夢。」

我猶豫了一下，想對媽媽訴說夢境，但那些睡著的動物讓我的聲音哽住了，媽媽連忙抱著我，輕輕拍我的背，就像我小時候做惡夢媽媽也會這樣安慰我。

我仔細看媽媽，窗外金色的陽光灑在她有著細細紋路的臉頰上，好像以前一樣溫柔。

「對不起。」媽媽小聲地說，帶著一點點鼻音，我幾乎聽不見，但我確實聽見了，我偷偷地笑了。

我知道，現在的她有時候很兇，有時候很沒耐心，可是我相信她不是故意的，因為外公不在了，外婆如果也跟著不在，媽媽一定會很難過，她會覺得是她的錯，就像我也覺得是自己的錯一樣。

「沒關係，媽媽，外婆一定會醒來的。」我向媽媽保證。

媽媽聽了破涕為笑。

這一天我們又到醫院去看外婆，這次還帶了換洗衣物，因為外婆是本地人，醫生和護士都認得，加上醫院沒什麼病人，護士說我們可以在醫院過夜，睡在外婆旁邊的床上陪她，媽媽感激地向他們道謝。一個好心的護士還送我一朵花，我把這朵花放在外婆床邊。

媽媽看我很無聊，從背包裡拿出幾本繪本，我認得出這些繪本原是放在外婆家閣樓，我撫摸繪本的封面，回味外婆說的故事。

媽媽的手機響了，她走到窗邊接電話，她一開口我就知道是爸爸打來的，好像是在說他會很快趕到，媽媽卻請他慢慢開車，安全最重要。她的聲音十分沙啞，爸爸聽了一定很不忍心。

「爸爸會來嗎？」媽媽掛了電話以後我問。

「很快就來。」媽媽回答。她問我要不要吃蘋果，她出去多買一些順便看看晚餐吃什麼。今天的晚餐會在醫院裡吃，我不想聞著醫院的氣味吃飯睡覺，可是又想好好陪伴外婆，好險媽媽幫我偷偷帶了外婆的枕頭。我小心地給枕頭套上白色枕套，她微微笑，告訴我她也喜歡外婆蠶絲被的味道。這個時候，我覺得媽媽和我距離很近，這是一種難以形容的感覺，就好像你平常都沒有認真看過身邊的人，有一天突然仔細看她的臉，似乎你已經認識她很久了，卻從來不了解她，直到現在……我終於看清楚媽媽的臉，她有一張和外婆相似的面孔，頭髮的顏色也偏淡，她的眼角和嘴角有些許皺紋，是我以前沒有留意過的。

我忽然想問媽媽關於爸爸的事。

「你和爸爸是怎麼認識的呢？」我問她。

媽媽正要離開病房，聽了我的話就停下來說：「我們晚點再談吧。」

我嘟起了嘴，媽媽就拿出食指擺在嘴唇上，好像在告訴我：小心別吵醒了外婆。

我趴在外婆床邊的椅子上等媽媽回來，太陽落下的溫度和顏色讓我昏昏欲睡、眼皮愈來愈沉……

我在半夢半醒間聞到皮革的氣味，聯想到經常不在家的爸爸，當我睜開眼睛，我正在獵人阿吉的背上，旁邊是仍然熟睡著的恰卡。

阿吉背著我們在荒漠裡行走，還是黑夜，但天空已經染上一層微弱的淡藍色，明亮的星星閃爍不定，一切是那麼地安靜，只有阿吉行走的聲音以及其他動物、戰士緩慢前進的步伐。我那位巨大的機器人朋友還落後在沙漠裡好遠好遠的地方，希望它能盡快趕上。

「阿吉。」我輕聲呼喚他。

「你醒啦。」他停下來把我們重新背好。「快到碧西兒的東方森林了，雖然不像以前那麼安全，天亮的時候影子獵人還是不敢過去的。」

「你以前真的是影子獵人嗎？」我小心翼翼問。

「曾經是。」阿吉簡單地說。

「那你怎麼變好的？」

「因為恰卡。」阿吉微微轉過頭朝我微笑，「過去沒有人對我說的話，她對我說了，過去沒有人對我做的事，她做了。」

「真的？她說了什麼做了什麼呢？」

「把我當成家人。」阿吉慢悠悠看向遠處地平線上的月亮，「傑傑，你知道家人的意義嗎？」

我剛想開口，卻發現我不能回答，我常常惹媽媽生氣，又不太見得到爸爸，實在沒有自信說我知道家人的意義。

我不回答，阿吉就笑了笑說：「不然這樣好了，傑傑，我告訴你我和恰卡是怎麼認識的吧。」

我興奮地點頭，於是阿吉開始說了：

這個嘛，我實在不知道怎麼說故事哄小孩子啊，但我想只要好好說清楚就行了吧？仔細聽好喔，這是關於有史以來最了不起的影子獵人的故事。

沒錯，那個人就是我。

別這樣，我是說真的，畢竟在這個世界剛開始的時候呢，會我這門技藝的只有我和我老爸啊。

在我還很年輕的時候，森林裡住了很多專門吃影子的怪獸，呃……牠們長什麼樣子嗎？有點像馬，不過嘴巴和食蟻獸一樣又細又長，牠們喜歡躲在世界的影子……也就是夜晚裡，在你不注意的時候把你的影子吸走，這時候呢，沒有影子的人就會來找我和我爸爸，把吃掉影子的那隻怪獸捉回來，因為在我們這裡，沒有影子是一件很丟臉的事情，而且走路會變得容易跌倒，唉，就失去平衡了嘛！

一般來說，影子被吃掉以後的三天內還有辦法找到那隻怪獸，並且把你的影子找回來，可是有一個人他過了一星期才來找我們，我爸爸考慮許久，雖然覺得不太可能成功，還是答應了那個人，因為他是當時的國王……你問是不是現在的失聲國王？對不起，這邊先賣個關子，等等再告訴你。

總之呢，我和我爸爸就帶著這個人留給我們的一隻靴子，出發去尋找怪獸。

有了靴子，我們可以跟著這個人靴子的特殊氣味找到影子……假如還沒有被消化完的話。至於原因，因為一個人的鞋子和他的影子是接觸最多的部分，人的鞋底總是沾著影子的味道，只是你聞不到而已。

我們在森林裡長途跋涉了八天八夜，好不容易找到那隻怪獸的足跡，我的爸爸蹲下去舔舔泥巴裡的怪獸足跡，嚐到了一點點的影子味兒。

我們進入了一個黑暗的洞穴，這對追捕怪獸是非常不利的，因為我們不知道自己的影子在黑暗中的什麼地方，影子怪獸卻能夠聞出來，然後偷偷吸走我們的影子。

幸好我的爸爸是個非常厲害的獵人，他不用光線就知道自己的影子在哪裡。他偷偷告訴我這個祕訣：沒有光的時候，我們的影子都是深深貼在自己腳下的，所以不抬高腳那些怪獸就無法吸走影子，於是我們只好在洞穴裡慢慢拖著往前走，腳絕對不能抬高。

那大概是我所經歷過最艱難的旅程，你想想看，腳不抬高要怎麼走路？總之，最後我們終於走出了洞穴，進入到陽光裡。

這個時候我卻跌倒了，我老爸發現我們犯了一個嚴重的錯誤，就是影子雖然在黑暗裡會黏在腳底，出了洞穴，影子卻立刻衝出來。我一跌倒，我爸爸就知道我的影子被吸走了，那隻影子怪獸發出哼哼的叫聲，慢慢退到洞穴外的山崖邊。

那影子怪獸居然開口說話：「請你們不要殺我。」牠的聲音像是成年男人那樣粗糙而低沉，我爸爸問牠：「你為什麼會說話？」

「我就是國王。」牠嘆了口氣，「我被一隻影子怪獸陷害了，牠偷偷將自己的影子和我的影子交換，只要我沒有發現，三天後我就會變成怪獸，怪獸則變成我，請你們相信。」

我的爸爸和牠談了條件，只要把我的影子還給我，他就會幫助影子怪獸。

這隻影子怪獸不但會講人話，還有高貴的氣質、智慧的心靈，牠從此和我們住在一起，並且教導我們吸走別人影子的方法，我老爸因此賺了不少錢。

影子怪獸一直在等待爸爸拯救牠，但其實，我爸爸根本就不相信牠的話。嗯，我想這也是沒有辦法的，畢竟我爸爸那時候已經是一個大人，他非常清楚只要稍微不注意，我可能就會被傷害，他寧願欺騙別人也不願讓我遭受生命危險。

有一天，影子怪獸還是知道了真相，牠沒有生氣，只是很悲傷。我爸爸告訴牠，就算牠說的是實話，在牠遇到我們的那天也已經超過變回去的時間了，牠永遠都不能奪回國王的身分。

影子怪獸聽了這句話，發出了一聲尖銳、痛苦的叫喊，我這輩子從來沒有聽過那麼憂傷的聲音，就好像牠的心被子彈射穿了一個洞。那隻影子怪獸看了我和爸爸一眼，然後再也沒有過一句話，變成了一隻普通的影子怪獸，奄奄一息地躺臥在我家的門廊上。

我的爸爸覺得我們虧欠了牠，而且後來黑暗女王的戰爭開始了，爸爸在戰場上第一次看到黑暗女王身邊的失聲國王，他就知道那不是真正的國王，而是一隻影子怪獸。影子怪獸變成的人類不僅無法開口說話，也會開始害怕陽光，面對人類總是畏畏縮縮的。

爸爸告訴我，這是他犯過最大的錯，為了抓住失聲國王，他加入了黑暗女王的軍隊，打算趁著黑暗女王不注意帶走失聲國王。

……抱歉，傑傑，但接下來的故事我實在不知道怎麼跟你說……

我爸爸某一天成功接近了失聲國王，準備把他帶走時，卻被黑暗女王發現了，她把我爸爸抓住關了起來，用他教她操縱影子的方法……讓他睡著了。

後來我仍然在黑暗女王手下做事，她以為我什麼都不知道，但我們獵人之間有特殊的感應，當他入睡，我的心就空了。

我告訴影子怪獸會替父親完成任務，儘管那時我們在森林裡已是聲名狼藉，我每天都在為黑暗女王幹下骯髒的罪行，卻始終無法接近失聲國王。我十五歲那年，影子怪獸失蹤了，我認為牠是不相信我能夠幫助牠，因此離開。那天黑暗女王要我偷走一隻白色老鷹的影子，這隻老鷹是她繼紅老虎巴茲後新盯上的獵物，擁有牠的影子，就能引誘牠自投羅網。

白老鷹伊歐，住在全世界最高的雪山上，因為終年築巢雪中，連羽毛都像雪花一樣潔白，沒有半點瑕疵。牠從雪山上俯衝飛過，接近地面時投射下子彈般的細長影子。每年只有一次，伊歐從降雪的高山飛到沙漠、森林、峽谷，向牠的鳥類子民們宣告今年的新消息。假如我要奪走牠的影子，必須等待這唯一一次機會。

我很快就找到牠每年飛行的路線，並且埋伏在所有路線中設置陷阱，那是一張巨大的網子，用所有可憐無辜的小孩影子編織而成，只要被這張網子捉住，就算是碧西兒也無法逃脫。

伊歐在一個微寒的初春早晨飛來，我躲在綁著網子的兩棵巨樹後面等牠經過，我知道牠一定會往這個方向飛，因為這座森林裡結了相當美味可口的紅色櫻桃，每次伊歐下山的時候都會到這裡休息，品嚐今年新結的櫻桃果子。

我安靜不動地等待，宛如一個最傑出的獵人，這是我父親教給我的。遠遠地，鳥的影子從月亮那兒飛來，逐漸接近網子，我想那是白鷹伊歐，只有牠才能飛得那麼高、那麼優美。我拉緊了網子，當伊歐愈飛愈近，我拉起了網子，伊歐就滾進了網子發出可怕的聲音，但網子非常牢固，將牠捲落到地上，翅膀的白羽毛掉得到處都是……相信我，我那個時候絕對不想這麼做的，我不斷對牠說「對不起」，同時壓住牠的翅膀、綁牢牠的嘴喙。我正在工作時，突然看見巨木糾結的樹根上坐著一名女孩，我想你大概猜得到，她就是十歲的恰卡。

你很驚訝？但在我們這裡，每個人長大的速度和長到最大的歲數都不一樣，你瞧瞧我，也許還會繼續老下去，但恰卡已經維持在十五歲很久了……咳，總之，我和恰卡相遇了，那時她十歲，住在碧西兒的城堡裡，我十五歲，是黑暗女王唯一的影子獵人。

我看著那個小女孩的眼睛，忽然再也無法繼續做下去，她朝我走來，伸出手牽住我的手，我本來以為她要帶我回家，要向碧西兒通風報信，就算是這樣我也無所謂，看著恰卡單純的雙眼，我什麼糟糕的事情也做不出。

但她只是拉著我一起蹲下身，把白鷹伊歐身上的網子解開，然後她熟練地跳上伊歐斜側的翅膀，邀請我和她一起乘坐。

我在黑暗女王身邊太久太久了，早就滿身的污穢，內心也逐日黑暗，遺忘了還是獵人的時候和父親騎著馬在荒野奔馳的情景。恰卡帶我飛向過去無法碰觸的天空，讓我的心都熱了，我覺得不是我自己在看著天空，而是天空在看我，用澄澈透明的眼睛把我看得乾乾淨淨。

我們飛到白鷹伊歐的故鄉——雪山，意外看到雪山的中央有一座冒著熱霧的湖泊。我們走進湖裡，湖水非常溫暖，於是我們痛快地洗澡玩樂，談論自己內心最深的祕密。可是當然不會講出最重要的，只是假裝嚴肅地告訴對方：「我……有五根腳趾！」等等諸如此類的玩笑話，你知道嗎？那時恰卡的笑容甜美可愛，就像星星閃爍一般。

從雪山上可以俯視整個東方森林，看見遙遠地平線上低矮的月亮，當然還有北方黑暗女王的領土，那兒終年無光，卻不時散發著奇異的閃亮，吸引不懂事的孩子前往。我對恰卡說，天黑後我就必須離開她了，她看起來很難過，但她也必須在天黑前回到城堡裡，我們相約三個日落以後再在雪山碰面。

沒想到我這一走，直到長大成人以後都沒再見過恰卡……因為我釋放了白鷹伊歐，讓黑暗女王極為震怒，她把我驅逐到南方荒野，卻不知道那裡正是我的老家。我開始流浪，利用自己偷竊影子的把戲四處招搖撞騙，有一回還被扔進了酒桶丟下懸崖呢！

我當然是躲過一劫，這很容易，傑傑，要在真實生活中保持清醒不墜入睡眠實在太過容易了，我甚至不得不喝酒來讓頭腦變得昏沉，所以恰卡後來是在一攤爛泥中找到我的。當時我也喝得醉醺醺，根本認不得已經長到十五歲、成為少女的恰卡，更何況，她那時還已經離開碧西兒到西方森林自立門戶，真的是非常了不起啊。

恰卡問我是不是影子獵人阿吉，我糊裡糊塗回了一聲「是」，她就點點頭，讓白鷹把我載走了。

原來，黑暗女王把我趕走以後找了許多自願效命的人類和動物，讓他們學習我獵取影子的技術，然而他們永遠無法完全學會，最後總會被影子的力量吞噬，成為沒有影子，皮膚卻愈來愈黑的「新」影子獵人。這些人不知道如何控制力量，個性一概兇暴殘忍，偏偏黑暗女王就喜歡這種人，她找尋了愈來愈多自願者加入她的軍隊，最終壯大到你現在看見的這種程度。

我想，這大概就是我和恰卡的故事，其實更多的是我的故事……啊？你說我騙你？才怪！臭小鬼，對其他人我可是一句也不會透露……

嗯，你問恰卡離開碧西兒的原因？很抱歉，這個我也不是很清楚，只知道當我再度見到恰卡，她已經長大了，變得獨立又強悍。她帶著一蹶不振的我到西方森林，照料我的健康，重新鍛鍊我的身手。她告訴我，需要一個了解影子獵人真相的盟友，於是我自告奮勇，前往北方邊境一探究竟。我發現黑暗女王依然深愛著失聲國王，只是那份愛已經扭曲變形，而且失聲國王依舊是影子怪獸變成的……而真正的國王，已經不知道流浪到哪兒去了。當然，未來有一天我會找到他，我個人認為，這將是另一個故事。

回到剛才說的，我蒐集了黑暗女王的資料，就必須想辦法把資料送到恰卡手上。我利用了自己最擅長的影子，這是一種高難度技巧，首先我必須找到全世界最高的塔……你知道那座塔嗎？看起來荒廢已久，卻位於世界中心，它比雪山更高，據說是通往另一個世界的入口。我找到這座塔的影子，在影子的塔尖放上信，等待太陽西下，塔的影子來到恰卡的森林，她就能從影子尖上拿到我的信了，這種方法既隱密又安全，黑暗女王根本不知道我留了一手。

恰卡也會回信，她把信放在影子上，等太陽出來，曬到了我的藏身處，我就伸伸懶腰走出去取信。

和恰卡通信的日子是非常美好的，我覺得自己不僅又和當時的那個小女孩相遇，也和過去的自己重逢，我想起父親，決定去尋找變成影子獸失望離去的國王。

唉……對著你這張充滿期待的小臉我實在說不了話，反正呢，我還沒有找到他，但這大概會變成我一生中最重要的事，只要找回真正的國王、抓住現在的假國王，也許可以把他們換回來，然後黑暗女王就會變成原本善良的樣子……我是個成年男人，傑傑，我沒有隨便亂說，也不是騙你，這種事情是很有可能的。世界上有很多人，他們不是一開始就想變成壞人，有的時候，他們反而比別人不幸。

你只需要好好記得，黑暗和影子有多可怕並不重要，重要的是你必須有面對的勇氣。

就這樣，我的故事說完了。

阿吉的故事說完了，我有點意猶未盡，轉頭竟見恰卡已經醒了，張大明亮的綠眼睛看著我。

「等等。」我一下子驚訝地叫了出來，「我剛才沒注意到！你為什麼可以睡覺？我以為這裡的人都不能睡覺的。」

「我才沒在睡覺呢。」恰卡瞇瞇眼睛，「只是閉目養神。」她低頭詢問阿吉抵達東方森林沒有，阿吉回答已經接近邊境。

「那個發著白光的黑影就是了，前往北方國度一定會經過碧西兒的東方森林。」恰卡指給我看：「當時碧西兒為了攔截想投靠黑暗女王的自願者，將自己居住的城堡建造在這裡——東方森林邊境，這樣每個經過的人都會先來到她的王國，碧西兒總會好好招待這些人，幫助他們解決各種難題，如果碧西兒能夠幫助他們，他們就不必去找黑暗女王了。」

我好奇地問：「碧西兒真的幫助了每個人嗎？」

「沒有……有些人他們本來就放棄了自己，只想縱情玩樂，或者天生喜歡欺負弱小，這種人碧西兒拯救不了。後來他們漸漸知道碧西兒在東方設置了城堡，於是開始從中央荒漠通過，或者西方森林……」

「你也會試著幫助他們嗎？」

恰卡聳聳肩回答：「我會把他們抓過來，好好比劃一下，對……就是打架，只有和對方戰鬥過你才會知道他們到底在想什麼，我把他們打得滿地找牙，要是還不服氣就在森林裡住到體力恢復，我們再打一場！通常這些人慢慢就住到不想走了，還會很佩服我呢。」

我也不得不佩服恰卡，之前來參加晚會的戰士們大多看起來凶神惡煞，說不定他們就是被恰卡收服的人哩。

東方森林漸漸近了，我從來沒見過東方森林，雖然外婆和我說的故事大部分都發生在這兒，第一次從沙漠中眺望東方森林還是讓我驚訝，那是位於極東之東的美麗奇景，就像繪本裡所有童話的故鄉，遠看是沙漠中懸浮的海島一樣，等我們愈走愈近，沙漠停止在一片高崖上，下方高大的樹木青翠明亮，一整片茂密的森林裡有河水有湖泊，幾乎是另一個國度。這才是碧西兒的國度，她的森林如此大，甚至蔓延到地平線，而在森林中央，有一座銀白色城堡，四周被護城河環繞，幾隻烏鴉在城堡的塔頂盤旋，這座城堡以前應該非常熱鬧才對，如今卻被蛇一般的綠色荊棘層層糾纏，看起來彷彿荒廢已久，就和我第一次來到這個世界時站立的高塔一樣。

恰卡從阿吉的背上跳下來，低聲宣布今天晚上在這兒紮營。

「你確定嗎？夜晚是影子獵人最活躍的時候。」一個光頭壯漢拿著巨大的木槌趴在一旁，他認真地說。

恰卡搖搖頭回答：「如果我們躲藏得夠好，可以藉這個機會知道他們在城堡附近的部署，而且你仔細看下面的森林。」每個人、每隻動物都趴在懸崖上，把頭探出去偷看。我也小心地伸出頭，明白了恰卡想告訴我們什麼。

底下的森林一片漆黑，充滿不祥的氛圍，反而更突顯出中央城堡的光輝閃耀，我覺得這一定是影子獵人們設下的陷阱。

「恰卡說的沒錯，影子獵人只要有陰影就可以躲藏，不見得要等天黑。」阿吉也說，「他們已經變得相當善於利用森林了，這真不是什麼好事。」

「沒有人想得到他們會和森林合作。」賈太在我後面小小聲說，「啊，多麼恐怖……」

「他們只是利用樹木的無辜。」恰卡堅決表示，「我們一定會把他們趕出這片森林的！」

不久，我們在懸崖上鋪好柔軟的毛皮，窩在毛皮裡等待星星出來，阿吉從懷中取出一把細長的望遠鏡，從懸崖上往下窺視森林。

「唉呀，這些人玩得可真瘋啊。」他諷刺地笑著，把望遠鏡地給我和恰卡。我們輪流看，起初我什麼也沒看到，除了圓圓小小的視線裡出現紫色的火焰和火焰映照在岩石上扭曲跳動的黑影，但很快我就了解到那些黑影就是影子獵人，他們是出賣了自己的影子，以至於最後不得不變成影子的人，雖然可憐，卻也可惡。

我放下望遠鏡，發現阿吉正嚴肅地凝視我們。

「怎麼了？獵人阿吉。」恰卡表現出泰然自若的模樣，但我和她靠得那麼近，可以感覺到她的心正劇烈跳動。

阿吉溫柔地微微一笑，說：「我們剩下的人那麼少，恐怕不能進攻北方、打敗黑暗女王了，我想關於這件事，其實每個人都知道。」

「你別說這種話……」恰卡警告他。

「不，恰卡，我們還是會戰鬥，反正黑暗女王已經從北方潛入碧西兒的森林了，你有看到嗎？底下密密麻麻的黑暗，但為了你，我們每一個人都會高舉手中的武器喊出你的名字，哪怕最後在影子裡沉沉入睡……明天你就和傑傑一起突破銀白城堡，我會在高處掩護你們，其他人則在沙漠裡迎接黑暗女王的襲擊，請一定要快點，恰卡，我相信碧西兒最後一定會重新出現在陽光下，和我們並肩作戰。」

我看見恰卡眼中蓄積了淚水，但她很堅強地把淚水擦去，告訴阿吉：「我絕對會打開城堡的門，釋放碧西兒的心。」

我也說：「我會幫助她，雖然我不知道自己可以做些什麼。」

「如果能夠有更多一點點的時間就好了……」恰卡挫敗地說，「如果有更多時間來安排作戰計畫，其他人根本不須冒險，你也不用冒險，傑傑。」

「欸，別這麼說。」我忽然想到，「我還有機器人啊。」

聽了我的話大家都笑了，因為那個機器人實在沒辦法使用，它太舊、太笨拙了，而且直到現在都還沒趕上我們，大概不知在哪裡像烏龜一樣慢慢走吧。

等待的時間是非常久的，當我在皮毛裡想像碧西兒城堡裡長什麼樣子，賈太爬了進來，和我緊緊靠在一起。

他安安靜靜、一句話也不說讓我感到平靜又溫暖，他是我在這裡交到的好朋友，我真喜歡他，他似乎也知道，親暱地戳戳我的肩膀。

「傑傑，我明天會跟著我的族人一起參與戰爭。」他有些興奮地對我說，但壓抑著音量：「傑傑，謝謝你。」

「為什麼要謝謝我？」

「我以前是族裡最膽小的孩子。」賈太害羞地說，「我從來沒對任何人說過，但我就是太膽小了，才會從荒漠裡跑出來，希望恰卡可以保護我，但因為你，我知道了什麼是勇敢。」

我笑了出來：「才不呢！我也很膽小啊！」

賈太搖搖頭說：「你不膽小，你是我見過最勇敢的人之一，你爬到機器人身體裡，還和恰卡一起戰鬥，我尊敬你，傑傑。」

我被稱讚得臉都紅了，不久後小狼也爬了進來，然後兔子、青蛙塞滿了我的皮毛，我真的好快樂，我想起外婆，我問他們能不能在打敗黑暗女王以後，也去溫暖我外婆的床？

「你的外婆有一張很冷的床嗎？」賈太疑惑地問。

「是啊，而且有好多管子爬在上面。」我輕輕嗚咽了一聲，希望其他人沒有聽到，「如果你們可以去陪她，她一定會很高興，說不定還高興到醒過來了呢！」

賈太點點頭，認真地跟我說：「我答應你，我相信傑傑的外婆是個好人。」

我們說著話，在暖和的皮毛裡，偶爾也可以聽見恰卡和阿吉的談話聲，然後漸漸地聲音愈來愈小，就像我們平時要入睡前的那種寧靜。

我覺得好累，但這樣一點也不對，我已經在夢裡了啊！我努力掙扎、呼喊。

沒有人回應我。

賈太的呼吸溫熱地貼在我胸口，小狼也是，還有兔子、青蛙……我的朋友們。

夜晚愈來愈黑，而且愈來愈冷，我居然發現不知道從什麼時候開始，螢火蟲不發光了，我奮力抬起頭四處看，每個人都閉著眼睛躺在暖暖的皮毛裡，胸膛一上一下穩定起伏。

天空裡一顆星星也沒有，我一個人站在黑夜裡，孤單又害怕。

我蹲下去搖恰卡，她的眼睛原本也是閉著，但我一搖她就醒了。

「怎麼了？」

「天黑了，每個人都睡著了。」我驚慌失措地說。

恰卡連忙搖了搖旁邊的阿吉，她搖了好幾下，阿吉才懶懶地張開眼睛說：

「噯，好像做了個好夢耶。」

「什麼好夢！快點給我起來！」恰卡生氣了，我注意到她生氣的樣子就是咬緊嘴唇，一言不發……

恰卡用力拍拍我，我們三個分頭叫醒其他人。

「不要睡著！不要睡著啊！」

「影子什麼時候來的？為什麼我們一點感覺也沒有？」

阿吉搔著帽子，看起來驚愕又愧疚，恰卡也是，我也是，我一直在搖晃賈太和小狼，他們兩個緊縮在皮毛當中，小狼的頭顱擱在賈太的懷裡，他們都還有炙熱的體溫，卻怎樣也叫不醒。

在他們旁邊是我的兔子朋友和青蛙朋友，我第一眼看到牠們，就知道牠們是消失在外婆的菜園裡，如今卻重新出現在碧西兒世界、我的夢中……我可愛的朋友，現在牠們也睡著了。

我們都呆住了，不知道黑暗來得這麼快。

我彷彿聽見小外婆的聲音，她說每個人都有入睡的時候。

外公、外婆、爸爸、媽媽……還有我，恰卡、阿吉、碧西兒、阿力……有一天都會睡著。

我站在荒涼的黑夜裡，放聲大哭。

我很久、很久沒有這樣哭過了，因為媽媽總是告訴我，會這樣哭的只有小嬰兒，所以我一直忍耐，但現在，我不能繼續忍耐下去。

恰卡站在我面前，把我攬進懷裡，我嗚嗚地說：「如果你是我媽媽就好了。」

「笨蛋，我怎麼生得出你啊。」恰卡雖然這麼說，卻哽咽地緊緊抱住了我，然後我忽然明白了一些非常重要的事情，所以我也緊緊地抱住恰卡，阿吉在旁邊難過地嘆息。

這一次，我是哭著醒來的。

我一醒來，就發現媽媽正抱著我，替我拭去淚水，外婆的病床邊放著她買來的晚餐，已經涼掉了。

我想要忍住啜泣，媽媽卻輕輕拍著我的背哄我說：「沒關係，想哭就哭出來吧。」

於是我大聲地哭了，就像在夢裡，我以為每一個人都睡著了，只剩我獨自站在黑暗裡，我張開嘴，嘩啦嘩啦地開始一面哭一面向媽媽訴說那些夢裡發生的事情。

「然後賈太睡著了，小狼也睡著了，我的朋友兔子和青蛙也睡著了，每個人都睡著……我叫不醒他們……」我不管媽媽到底聽不聽得懂，只是一直說一直說，媽媽沒有生氣也沒有推開我，她靜靜地抱著我，輕拍我的背。

我發現媽媽也在哭，這是她第一次在我面前哭泣，我們哭了好久好久，好像要把這些日子忍耐不哭的眼淚統統哭出來。

「我知道。」媽媽居然告訴我，「但還有更重要的事情要做，不是嗎？我們要把碧西兒從城堡裡帶出來。」

我簡直不敢相信，我問媽媽：「你也知道碧西兒？」

媽媽吸了吸鼻子，露出有點疲憊的笑容回答：「當然，我就是恰卡啊！」

我愣愣地看著從小相處的媽媽，我一直以為她是一個老古板、無聊的媽媽，結果她現在跟我說，她就是白鷹恰卡？

「別發呆了，傑傑，在夢裡我們沒什麼時間，但現在就有時間了，我們得快點擬定好作戰計畫。」

我還傻呼呼地問：「什麼作戰計畫？」

「進攻碧西兒城堡的計畫啊！」媽媽說。

五、最後一戰

我準備和你們說這段最後的故事，老實講，連我也不相信結果居然會變成這樣，媽媽說她是白鷹恰卡，究竟是怎麼一回事呢？我只記得我和媽媽抱在一起，哭了又哭。我說了好多在夢裡發生的事情，一點也不認為媽媽會聽得懂，但她真的明白，還跟我說我們原本沒有時間，但現在有了，在現實裡，我們可以好好計畫突擊碧西兒城堡的方法。

媽媽就是白鷹恰卡！

「為什麼你之前都不跟我說呢？」我問她。

媽媽溫柔地看著我，聲音有一點悲傷：「因為在現實中，我已經是大人了。」

這是什麼意思？我想問。媽媽搖搖頭告訴我：「在夢裡，我可以讓你相信任何事情，但在現實，我只是你討人厭的媽媽。傑傑，我已經距離通往夢的閣樓很遙遠了，我不能主動對你說出口，如果由我主動，通道就不會打開，傑傑，這個故事必須由你先說才行！」

媽媽的話我有點懂，又不完全明白，她也沒有繼續解釋，只是接著跟我討論夢裡許多還來不及討論的事情。

不僅如此，媽媽還說有許多我認識的人也在碧西兒的世界裡，和我們做相同的夢。我問媽媽是哪些人，但她神祕地笑，怎樣也不肯告訴我。不過我不在意，我心裡早就有答案了，譬如說……我覺得爸爸和獵人阿吉長得實在有點兒像。

我和媽媽回外婆家拿更多換洗衣物，為了多陪外婆幾天。我們在外婆的房間停留一會，回想以前和現在的許多時光。外婆家的廚房散亂著各種鍋碗瓢盆，大多都是乾淨的，只是外婆喜歡擺在外面，這樣要用的時候就可以直接拿來用。我的小房間還是小小的，就像我小時候會使用的那種房間，也許真有另一個小時候的我一直在使用，但因為他實在太小了，所以連我都看不見。

我們走到外婆的菜園，往東方森林走，又往西方森林走，最後在北方的懸崖上對著一片白茫茫的霧色發出吶喊，霧把我和媽媽的聲音都吞沒了。

離去前，我低頭採了一些狗尾草要拿給外婆，我和媽媽手牽著手站在這片菜園當中。我問媽媽會不會覺得自己忽然變得很渺小，媽媽說會。我們共同凝望高高的山頭，好比我在夢裡凝望巨大的機器人，我們的確認識到了自己的微不足道，卻因為和媽媽在一起，我感到平靜又安心，我知道我會記住媽媽，媽媽也會記住我，我們沒有誰會被遺忘。

這一天，我們從山上下來，到醫院陪伴外婆，爸爸正在趕來的路上。我們不知道要住醫院住到什麼時候，和外婆說話她說不定也聽不見，但我相信我們睡著時做的是一樣的夢，而且，外婆一定很高興加入我們的作戰會議。

我們在外婆的病床邊擬定作戰計畫，被蠟筆塗滿各種城堡路線的圖畫紙鋪在外婆身上，我想她並不介意（有護士進來對媽媽說幾句話，媽媽嚴肅地點點頭，她說她知道，這個晚上對外婆而言是無比重要的）。

我們說了好多事，都是以前我不敢對媽媽說，或者媽媽從來沒對我說過的，大概是因為媽媽以前也和外公外婆住在山上的房子裡，十分能夠體會我後來離開山上的心情，只是她不希望我變得太軟弱，丟掉我的機器人也是因為怕我太想念外公，會想念到生病。

關於機器人我已經原諒媽媽，因為在夢裡，我又重新把它找回來了，至於我最喜愛的山上的家……我回答，在山上外婆教會我的事情是勇敢、和對小動物溫柔，不是軟弱。媽媽笑說：也對，她也是。我們原來都好想念外公外婆，也想念和他們一起在山上的時光。

太陽從醫院的窗子落下，使我知道它即將在夢境的國土裡高升。暖融融的夕陽照射在外婆微笑的皺紋上，這畫面好美，我對媽媽說：「你看，在陽光下我們的頭髮都變成金色的了。」

夜幕低垂的時刻，我們都想睡覺，我和媽媽緊握彼此的手，看著彼此的眼睛躺在外婆身邊的病床上，我忽然說：「外婆就是碧西兒，對不對？」

媽媽發出「噓」的聲音，她開始輕輕地哼歌，於是我逐漸閉起眼……我做了一個夢。

在夢裡，我、恰卡和獵人阿吉趴伏在高高的懸崖邊，輪流用阿吉的望遠鏡窺視城堡，而遙遠的另一端，黑暗女王率領她的軍隊從北方浩浩蕩蕩前來。

黑暗女王的模樣沒有人看得清，她坐在一頂血紅色的轎子上，由許許多多的影子獵人們抬著，黑暗女王長髮垂地，戴著一副蒼白面具，面具沒有五官，也沒有圖案。失聲國王就坐在她身邊，也戴著一副擁有細長嘴吻的黃色面具，那看起來就像是影子怪獸。

恰卡帶我乘坐白鷹伊歐俯衝而下，在樹海中激起鳴響，隱藏其中的影子大軍都往她的方向追過去，猶如樹海裡的鯊魚，幸虧有獵人阿吉的好槍法，他在懸崖上握住長槍朝每一個影子射擊，我看見他對底下的我們眨了眨眼睛。

然而黑影實在太多，恰卡和我怎樣也無法接近城堡。到了最後，恰卡把我帶到森林中一處空地，那兒不知為何佇立著我的巨大機器人，恰卡對我說：「快！快！傑傑！我來掩護你，你必須找到碧西兒！」

我問她：「可是不應該是你去嗎？」

恰卡站在空地上，朝我笑著，又搖搖頭說：「不，我相信你可以辦到，我以前害怕你難過受傷，現在不怕了，你是勇敢的傑傑，去打碎城堡，救出碧西兒吧！」

我吞嚥了一下，知道自己即將去做一件了不起的事，任何人在做這件事情之前，都會有一種預感，那種預感，就像每個人睡著以後會做的夢一樣，只有真正走到那一步你才能體會。

我往機器人的方向走，忽然間我停下來，我看見機器人旁邊站著又瘦又矮的小外婆，她對我露出無牙的微笑，身邊圍繞冰冷的黑影，我想起外公、躺在病床上的外婆還有我那些陷入沉睡的朋友們，我躊躇不前，小外婆輕輕朝我招手。

獵人阿吉的話語在我腦海響起：「傑傑，你只需要好好記得，黑暗和影子有多可怕並不重要，重要的是你必須有面對的勇氣。」

我往前邁進。並不是變得不害怕了，而是我發現自己長大了，長大以後會遇到很多很多事情，比影子或黑暗更加可怕。我從小外婆身邊跑過，那個瞬間，彷彿有個黑眼睛、頭髮凌亂又滿臉雀斑的小男孩也和我擦肩而過，他要到哪裡去？也許又忙著維護兔子和青蛙朋友們之間的和平吧，他是個相當善良的小男孩，我祝福他在未來能夠幸福快樂，再也不害怕影子與黑暗。

我頭也不回，繼續跑向機器人。

它的眼睛散發溫柔的白光，微微垂頭凝視我，朝我伸出了一隻手，我跳上機器人掌心，順著它的手臂爬進控制室裡。我發現通往控制室的甬道好小啊，我必須用力擠才能擠進去，然後，我按下機器人內部的按鈕。

巨大的機器人動了起來，邁開一步就跨越了半座森林，我操控機器人一腳踩扁想阻止我的影子大軍，穿越森林。

碧西兒銀白色的城堡就佇立在我面前，看起來像用一萬個悲傷的人哭泣的眼淚凝鑄而成，以至於它是那麼地美麗，又是那麼地脆弱不堪。

我一咬牙，用力揮動機器人的手臂，把碧西兒的城堡像打碎蛋糕一樣摧毀，露出碧西兒陪伴阿力的房間。

那個地方居然像極了外婆和外公的小花園，而碧西兒……金頭髮、綠眼睛，永遠都是九歲的小女孩碧西兒，同時也是我最尊敬的人，就在花園裡抱著沉睡的阿力躺在一張鋪滿枯葉的大床上，彷彿自己也即將睡著了。

我從機器人身上爬出來，跪在碧西兒面前，必恭必敬地請求她協助我們擊倒黑暗女王。

「我已經老邁到無法再做這些事了。」碧西兒用小孩子的聲音對我說。

「但那些無辜的動物需要你呀！碧西兒！我知道你所有的故事！你是我心目中最偉大的人，請你幫幫我！」我堅定地大聲說：「求求你！碧西兒！」

碧西兒就像當時吵醒我的時候一樣，張著綠色的大眼睛考慮良久，然後她十分憂傷地對我說：「阿力睡著了，我一點也不想離開這兒。」

我好著急，卻不敢表現出來，我想了半天，最後指著機器人告訴她：「阿力絕對不希望你自暴自棄，碧西兒，看看這個。」

碧西兒瞇起眼睛，清晨的陽光從機器人的方向照進來，她必須用手遮擋陽光才能看清楚，但她一看清楚，就發出了驚喜的嘆息。

「那是阿力的機器人。」她說。

「對！還、還有我，我也是他留下來的。」我不好意思地說。

碧西兒仔細地看看我，點點頭說：「沒錯，你和他長得很像，我相信你。」

「碧西兒，你能夠幫助我們嗎？」

「我一個人是辦不到的。」碧西兒微微笑，一聲細小的貓叫聲從床底下傳來，是她變成虎斑貓的紅老虎巴茲。「好啊，太好了，我們走吧，老夥伴。」碧西兒撫摸虎斑貓的頭，虎斑貓舒服得發出咕嚕咕嚕的聲音，然後就像吹氣球一樣愈來愈龐大。

我要告訴你們接下來發生的事，碧西兒和她的老虎在一塊，是我從來沒見過的壯麗景象——

碧西兒站在紅老虎巴茲的身上，站得比恰卡飛起來更高。巴茲是那麼地大，我從來沒有見過比牠更大的老虎，好像一座巨山，牠發出吼聲，聲音震動大地，黑暗女王的面具碎裂出一道道縫隙，她的影子大軍甚至有不少被巴茲呼出的空氣吹倒，巴茲一掌拍下，黑暗女王的王位便在地面跳動，巴茲抽回虎掌，底下是影子獵人被壓扁的黑色掌印。

巴茲在碧西兒的喝令下讓黑暗女王和他的影子大軍往後撤退了三十公里，但這還不夠，巴茲把碧西兒放在高高的懸崖上，使她能夠俯視整個國度。

巴茲繼續嘶吼、撲咬，牠橘黑相間的皮毛在地平線燃燒，遠遠地看就像升起的太陽中有一群即將飛來的鳥群，就像當時我站在塔頂，恰卡騎著老鷹朝我飛過來的樣子……

* * *

我張開眼睛，這次帶著微笑，我發現媽媽和外婆也醒了。爸爸正巧趕上，不知何時坐在旁邊，頭上戴了一頂獵人阿吉的寬邊帽。啊！外公坐在他發明的機器人肩上，從醫院窗外朝我們揮手呢！

他們全都笑吟吟地望著我，我覺得有點害羞，抓了抓頭髮，我問：「這是一個夢嗎？」

外婆笑了，她一笑，我就知道這是不是夢一點也不重要，這時候外婆給了我一顆星星形狀的糖果，於是，我就迫不及待和他們說起在夢裡的冒險故事。我說了大概有永遠那麼久，包括碧西兒和阿力怎麼在天空裡的機械屋裡相遇，還有我和賈太、小狼在沙漠中看見的巨大機器人、菜園裡的兔子青蛙跑進夢中，以及恰卡和獵人阿吉在雪山打水仗。

他們津津有味地聽著，偶爾點點頭，雖然外婆什麼也沒說，但我已經聽見她輕輕哼著關於碧西兒夢之國度的歌，那聽起來就像我在塔上聽見樹葉沙沙作響的聲音，也可能是營火晚會吹笛人的笛聲、鳥兒歌唱的旋律……當然，還有碧西兒和她偉大的夢之國度最後的故事。

這個結局有點短，但我很喜歡，因為這是外婆親口對我說的，是一個真實的結局。而且她還告訴我，碧西兒的夢之國度絕對不會真正結束。

我相信這個夢不會結束：

碧西兒最後站在懸崖上，挺著脊梁，徐徐抽出短劍，看起來威風凜凜、信心滿滿，她的劍指向遠方密密麻麻的陰暗，陰暗裡有無數猙獰的臉。黑暗勢力龐大，但碧西兒並不害怕，她的眼睛望著隧道盡頭必然出現的白色光芒，銳利的刀刃上出現敵人的血，她張開雙臂，衝向那道光芒——

尾聲

病床上的碧西兒七十二歲，但在夢裡，她永遠都是九歲，她甦醒前感受到一絲的戀戀不捨，已是她多年來的老朋友了。

「你不可能永遠待在兩個世界，你必須選擇。」小外婆溫和地說。

「已經是時候了嗎？」碧西兒很早以前就知道，小外婆是她永遠打敗不了的敵人，但同時也是一個值得等待解答的謎團。

雖然，她還是有些捨不得白鷹恰卡、勇敢的傑傑和許多許多人。

不過再等一段時間，他們又可以在另一個夢裡相遇，然後永遠在一起。

終於，碧西兒聽到來自遙遠夢鄉的呼喚，在碎心河彼岸，碧西兒看見所有人都已在那兒等候，阿力、森林精靈、虎斑貓、黑暗女王、失聲國王、野狼……

碧西兒微笑，準備展開另一場偉大的冒險，她微笑，就像她的每一條皺紋都在微笑。

少年文學45　PG1893

夢之國度碧西兒

作者／邱常婷
責任編輯／洪仕翰
圖文排版／莊皓云
封面繪者／陳　閱
封面設計／葉力安
出版策劃／秀威少年
製作發行／秀威資訊科技股份有限公司
114 台北市內湖區瑞光路76巷65號1樓
電話：+886-2-2796-3638
傳真：+886-2-2796-1377
服務信箱：service@showwe.com.tw
http://www.showwe.com.tw

郵政劃撥／19563868
戶名：秀威資訊科技股份有限公司
展售門市／國家書店【松江門市】
104 台北市中山區松江路209號1樓
電話：+886-2-2518-0207
傳真：+886-2-2518-0778

網路訂購／秀威網路書店：http://store.showwe.tw
國家網路書店：http://www.govbooks.com.tw
法律顧問／毛國樑　律師

總經銷／聯寶國際文化事業有限公司
221新北市汐止區康寧街169巷27號8樓
電話：+886-2-2695-4083
傳真：+886-2-2695-4087

出版日期／2018年1月　BOD一版　**定價**／280元
ISBN／978-986-5731-81-6

秀威少年
SHOWWE YOUNG

國家圖書館出版品預行編目

夢之國度碧西兒 / 邱常婷著. -- 一版. -- 臺北
市 : 秀威少年, 2018.01
面 ;　公分. -- (少年文學 ; 45)
BOD版
ISBN 978-986-5731-81-6(平裝)

859.6　　106022170

讀者回函卡

感謝您購買本書，為提升服務品質，請填妥以下資料，將讀者回函卡直接寄回或傳真本公司，收到您的寶貴意見後，我們會收藏記錄及檢討，謝謝！

如您需要了解本公司最新出版書目、購書優惠或企劃活動，歡迎您上網查詢或下載相關資料：http:// www.showwe.com.tw

您購買的書名：____________________

出生日期：________年________月________日

學歷：□高中（含）以下　□大專　□研究所（含）以上

職業：□製造業　□金融業　□資訊業　□軍警　□傳播業　□自由業

□服務業　□公務員　□教職　□學生　□家管　□其它____

購書地點：□網路書店　□實體書店　□書展　□郵購　□贈閱　□其他

您從何得知本書的消息？

□網路書店　□實體書店　□網路搜尋　□電子報　□書訊　□雜誌

□傳播媒體　□親友推薦　□網站推薦　□部落格　□其他________

您對本書的評價：（請填代號　1.非常滿意　2.滿意　3.尚可　4.再改進）

封面設計____　版面編排____　內容____　文／譯筆____　價格____

讀完書後您覺得：

□很有收穫　□有收穫　□收穫不多　□沒收穫

對我們的建議：____________________

____

____

____

請貼
郵票

11466
台北市內湖區瑞光路 76 巷 65 號 1 樓
秀威資訊科技股份有限公司 收
BOD 數位出版事業部

（請沿線對折寄回，謝謝！）

姓　　名：__________ 年齡：______ 性別：□女 □男

郵遞區號：□□□□□

地　　址：__________

聯絡電話：（日）__________（夜）__________

E-mail：__________